JN127854

地の声 風の声

——形成と成熟

chi no koe kaze no koe
Tateno Yutaka

舘野 豊

ふらんす堂

目次

第Ⅰ部　飯田龍太をめぐって

第Ⅱ部　「雲母」の航跡

第Ⅲ部　それぞれの光芒

地の声　風の声——形成と成熟

第Ⅰ部　飯田龍太をめぐって

飯田龍太の形成――『百戸の谿』を中心に

吉野弘に「静」という短い詩がある。

青空を仰いでごらん。
青が争っている。
あのひしめきが
静かさというもの。

全文四行のこの詩は、「静」という文字から発想して、わたしたちが目にしている現実の奥にあるものを捉えようとしている。静まり返ってなんの動きがないように見える青空にも、目に見えない争いやひしめきが隠されている。争いあいひしめきあう力と力が作り出す平衡状態。例えば0対0の投手戦のような緊張をはらんだ平穏。青空の張りつめた美しさはそこから生まれる。

俳句においても同じことがいえるのではないだろうか。ことばとことばがゆるぎなく組み合わされて作り出された確固とした世界。そうした外見の下に限りないエネルギーを秘めた混沌が隠されている。そのような俳句に眼をこらせば、ひとつひとつのことばが生き生きと輝きながら全体として生命力に満ちた有機体を形成しているのがわかるだろう。秩序と混沌という矛盾した要素を併せ持つことが、感動を与える源泉となっているのではないだろうか。

飯田龍太の俳句もまた、「静」における〈青空〉のような作品である。静かに澄んだことばの世界の下に混沌のエネルギーが秘められている。既成の美意識の枠に収まることなく、無秩序に陥ることもない。生き生きと揺れながら平衡を失わない一句の全体を、作者の表現への意志が統合している。

〈冬耕の兄がうしろの山通る〉(『忘音』)の自解で飯田龍太は述べている(『自選自解　飯田龍太句集』)。

私は、写生は、感じたものを見たものにする表現の一方法と考えている。その逆でもいい。また、俳句は「私」に徹して「私」を超えた作品に高めるものだと思っている。

この文章の前半は、〈ことば〉と〈もの〉を截然と分けてとらえる、いわばことばとものの二元論の否定とみることもできるだろう。俳句は、ことばだけでできているのでも、ものに還元して解釈すべきものでもない。何を語るかといかに語るかは一つのことであって、どちらか一方を切り離して論じることはできない。先の自解で言えば、〈感じたもの〉は表現の対象を、〈見たものにする〉は表現の結果をそれぞれ指すと考えられる。表現の対象は、ことばによって具体的な姿として定着される。作者が感じたことと読者が一句に見ることとは一体のものだ。伝記的背景を詮索して表現を事実に還元して満足することも、一句をことばによって作られた空中楼閣のようなものとして現実と切り離してしまうのも、あまり建設的な作業とは思えない。

表現に対するこのような態度は、境涯からの遊離も境涯への甘えも、ともに認めないだろう。〈「私」に徹して「私」を超え〉ることをめざす姿勢は、自己の体験（＝感じたこと）を個の中に閉じ込めて絶対化することなく、開かれた普遍の場（＝見たこと）に引き出して作品化する態度につながってゆく。〈私〉を単純に否定するのではなく、個に徹し個をつきつめてゆくことが普遍に通ずる道だとするところに、飯田龍太の表現者としての覚悟を見ることができる。

こうした姿勢は、個人的な題材、ことに肉親にかかわる事柄を作句の契機とした作品や自らを育んだ風土にかかわる作品において一層鮮明になる。

露の土踏んで脚透くおもひあり　昭31（『童眸』）
枯れ果てて誰か火を焚く子の墓域　昭32（同）
鳴く鳥の姿見えざる露の空　昭37（『麓の人』）
落葉踏む足音いづこにもあらず　昭40（『忘音』）
父母の亡き裏口開いて枯木山　昭41（同）

などの痛切な感慨を詠んだ句が第三者にも強い印象を残し、表現の裏にある作者の慟哭を聞く思いにさせるのは、作者が自己の感情を極限まで追いつめた結果生まれた作品であるからに違いない。個に徹することは自分の感情に溺れることではない。感情に溺れようとする自分自身を冷徹に見据え、感情の根源を透視するもうひとつの眼を持つことだろう。その時作品は、個を超えて普遍の高みに達する。

同様のことが甲斐の山河を詠んだ作品についても言える。飯田龍太の故郷への愛憎は、その句業において大きな位置を占めるが、その風土についてほとんど知識のない人間でも、

雪の峯しづかに春ののぼりゆく　昭29（『童眸』）
渓川の身を揺りて夏来るなり　同
雪山のどこも動かず花にほふ　昭35（『麓の人』）

などで描き出された山河に対し、親しみをもって接することができる。龍太俳句と風土との関係を象徴的に示すのが、

一月の川一月の谷の中　昭44（『春の道』）

についての自解の文章だろう。〈幼時から馴染んだ川に対して、自分の力量をこえた何かが宿し得たように直感した〉（『現代俳句全集　二』「自作ノート」）ということばには、故郷の風土に深く

根を下ろしたものの自負が感じられる。しかもそこから生まれたのが固有名詞も具体的な描写もないきわめて抽象性の高い作品であるのがおもしろい。作者にとっては狐川以外のどんな川でもなく、一方読者にとってはどこの川でもありうるというこの句は、個に徹して普遍に至る道筋をそのまま示しているとも言えるだろう。

飯田龍太はさまざまな矛盾を一身に引き受けつつ、そのせめぎあいの中から豊穣な実りをもたらしてきた。龍太が表現への強烈な意志をバネに自己の俳句世界をどのように形成してきたか、『百戸の谿』の諸作を中心にたどってみたい。

春の鳶寄りわかれては高みつつ　昭21

逆年順に編まれた『百戸の谿』（昭和29・一九五四年刊）を仮に編年順に編み直すとこの句が最初に来る（「私の俳句作法」）。のちの定本版では昭和20年以前の句が加えられたが、初めの刊行時点では、句集に収めることを認めた中で最も古い作品ということになる。そこにこの句を自己の俳句の出発点としたいという著者の思いを読み取ることもできるだろう（なお、逆年順配列の巻頭は〈春すでに高嶺未婚のつばくらめ〉で、この配置には〈春すでに〉に対する自負もまた感じられる）。「私の俳句作法」によれば、出句時の原句〈春の鳶寄りてはわかれ高みつつ〉が雑誌発表時には〈寄りわかれては〉となっていたそうだが、蛇笏の手が入っているとはいえ、昭和23年以前の作品の中でも、情景と声調がぴたりと合った気持ち良さは際立っている。ひとつの対象をいわゆる〈客観写生〉的な凝視とは異なる、より軽やかな姿勢で捉えたこの句について、大岡信は〈視像の細分化〉を指摘し、〈その細分化された視像を一句の淀みなく力強い流れにのせて一挙に合体させるとき、いかにきびきびとした全体の動きを生みだすにいたるか〉（「明敏の奥なる世界」）と評している。

対象への集中から生まれる緊張感を句の表面から消し去り、鳶の飛翔とそれを追う視線の動きをそのまま表現のリズムに乗せた。簡明な語のつながりのなかに浮き立つような春の気分が定着されている。自然に寄り添いつつ対象を単純化して一気にとらえる手法は、飯田龍太の作品の中でもひとつの系譜をなしていて、のちには、

秋嶽ののび極まりてとどまれり　昭27

などが生まれるが、これはそのさきがけともいえるだろう。作中の鳶の動きがそのまま作者の自由で柔軟な精神のありように重なることが、この句をより印象深いものにしている。対象とことばと作者の心、それぞれのリズムが隙間なく重なった幸福な作品という点で、飯田龍太の出発にふさわしい。

だが、龍太俳句を形作ったのは、こうしたいわば天性ののびやかさだけではない。その資質は、以後さまざまな葛藤や現実との対決を通して鍛えられることになるだろう。

作者自身はのちに、『百戸の谿』の印象を、〈もの悲しく伏し目がち〉（『自選自解　飯田龍太句集』）

〈青春晩期の憂愁がいろ濃く漂って眺められる〉（「自作ノート」）と述べている。それに呼応するように、故郷に定住することへの鬱屈を詠んだ句が、『百戸の谿』のなかで特徴ある一群をなしていることは、よく指摘される。

野に住めば流人のおもひ初燕

昭和24（一九四九）年に作られたこの句は、定住に対する作者の思いをいささか露骨な構図のもとに詠んでいる。自分を流人になぞらえた上に渡り鳥である燕を配したあたりは、対比が露わすぎるような気がしないでもない。しかし仰ぎ見るのが去って行く鳥ではなく、やってきた鳥、それも新しい季節の訪れを軽やかに告げる燕であることが一句に救いと明るさをもたらしている。〈自然のかがやき〉を感じるという福田甲子雄の評言（『飯田龍太』）の生まれるゆえんだろう。

農に倦み花栗にほふセルの夜　昭24
冬山のふかき襞かなこころの翳　同
雁鳴くとぴしぴし飛ばす夜の爪　昭25
凍蝶のつかむ草葉をひつぱなす　同
露の村恋ふても友の少なしや　昭26
露の村墓域とおもふばかりなり　同

〈野に住めば〉の句に続いて昭和26（一九五一）年にかけて詠まれたこれらの句には、倦怠や孤独や焦燥といった青春時代特有の心情がいくぶんかの感傷を伴って描き出されている。故郷に対する極めて私的な感情を土台にしながら、青春俳句の典型として共感される理由がここにある。ただし、気持ちはうつむいていても、表現は決してうつむいていない。ここには自己の感情に溺れることなく、それを正確に捉えて表出しようとする確固たる意志がある。その意志が、故郷への屈折した思いにからめとられてしまうことを防いだのではないだろうか。

わ が 息 の わ が 身 に 通 ひ 渡 り 鳥　　昭26

同じ時期に作られたこの句においても、〈友の少なしや〉〈墓域とおもふばかり〉のような負の感慨を背後にひそめた自愛の念が中心にあるように思われる。だが、〈わが〉を重ねて自己に執するように見えながら、下五の〈渡り鳥〉で眼を一気に大空に転じたことにより、日常の中でのひそやかなつぶやきが、時空の大きな広がりの中に置かれることになった。それがまた作者の孤独を際立たせるのだが。

こうした句の一方で

凍 光 や 帰 省 す 屎 を 大 胆 に　　昭24

があるように、作者の故郷への思いは明暗さまざまな振幅を見せている。

春いまは野にたつ風も身に添へり　昭27
春暁の幹もふるさと川鴉　同

この二句には、故郷の自然とともにある安らぎが穏やかに詠まれている。それに対し、

勤めては三月夢のきゆるごとし　昭27
梅雨の川こころ置くべき場とてなし　同
闇暑しことに隣家をおもふとき　同
梅雨の月べつとりとある村の情　同

には、故郷の生活の苦い味わいをかみしめている自画像が描き出される。ただし、この思い切った表現は〈伏し目がち〉というようなものではない。自己の心情を言い尽くさずにはおかない気魄が読者を圧倒する。

このような故郷への愛憎は

露の村にくみて濁りなかりけり　昭27

においてひとつの諦観に達する。〈にくむ〉という激しい感情を〈濁りなし〉と言い切る表現からは、それまでに経てきた葛藤の深さが読み取れる。自分の心情から眼をそらさず、きびしく見

据えつきつめた果ての心の澄み、といえるかもしれない。これ以降、かつてのように故郷への負の感情を露わに表白した作品は見当たらなくなる。

もともと〈住む〉と〈澄む〉はひとつのことばであるらしい。『岩波古語辞典』は、〈住み〉を〈あちこち動きまわるものが、ひとつ所に落ちつき、定着する意〉と説明する。故郷に定住することに伴う心の動揺がおさまるとともに、〈濁りなかりけり〉という心境に到った、とも言えるだろうか。

故郷への心情が激しく揺れながら落ちついてゆくのと並行してその風物への愛着が前面に出てくるのが窺える。どちらが原因でどちらが結果ということもなく、定住への覚悟が定まるにつれて、故郷の生活や自然が曇りのない眼でとらえられるようになった（またはその逆）のだろうか。その愛着は、ふるさとの大地を踏みしめた次のような諸作に見ることができる。

いつまでも暮天のひかり冷し馬　昭24
寒の水ごくごく飲んで畑に去る　同
麦蒔の一族ひかり異なれり　昭26
百姓が知りはじめたる秋の風　昭27

それぞれ違う対象を、愛情のこもった視線で、眼をそらさずに見つめている。故郷の自然、そしてそこに生きる者たちの息づかいに寄り添ったこれらの作品は、心中に〈流人のおもひ〉を抱え、〈べつとりとある村の情〉に反発した若き飯田龍太が今はこの地にしっかりと根を下ろしたことを物語る。

さらに、

黒揚羽九月の樹間透きとほり　昭24
雪山に春の夕焼瀧をなす　昭26
春暁のはるけく眠る嶺のかず　同
夏川の声ともならず夕迫る　昭27
露草も露のちからの花ひらく　同

などの句からは、ふるさとの自然に心をひらいた作者の姿勢が見てとれる。自然と正面から向き合い、自然が発信するものを全身で見とめ聴きとめようとしているのである。どの作も自然が見せる静動さまざまな表情をあざやかに定着させて、作者の気力の充実が感じられる。

紺絣春月重く出でしかな　昭26

昭和26（一九五一）年の部の冒頭に置かれたこの句は、すでに多彩な展開を見せる初期作品のなかでもひときわ輝きを放ち、後の飯田龍太を予感させる。すべてのことばがあるべき位置に収まりながら一句全体はダイナミックに生動している。混沌を秘めた調和の世界を現出した飯田龍太らしさの原点ともいえる一句だろう。

自解（『自選自解　飯田龍太句集』）の中で作者は、〈春月〉には〈清潔な色気〉があると述べるが、この句の春月がそうした印象を持ちうるのは、〈紺絣〉の存在による。逆に、〈春月〉によって〈紺絣〉の潔癖さや質朴さが印象づけられる。そして、月の出を〈重〉いと眺めるやや屈折した心情を、〈出でしかな〉の軽い詠嘆がむしろ明るく受け止める。ひとつひとつのことばが他のことばと触れあうことにより、ふくらみを増し、イメージを豊かにする。そうして全体として青春性というべきものがみなぎる一作となった。

空若く燃え春月を迎へけり　昭27

も春月の姿を描くが、〈若く〉と〈春月〉の印象が重なって句の力を弱めてしまったような気がする。また、月の出を詠んだ

満月のなまなまのぼる天の壁　昭26

には、特異な感覚が刻印されているが、それが一句の世界を閉じたものにした嫌いがある。それに対して〈紺絣〉の句は、内実の清新さを守りつつ、句の世界はあくまで外に開かれている。

「雲母」初巻頭となった〈紺絣〉の句は、龍太にとってもひとつの転機となったのではないか、

と想像される。この一句によって、俳句をいわばひとつの武器として自然を捉えることへの自信が生まれた。そして俳句を通して故郷を見つめる行為を積み重ねるにつれて、故郷への心情もまた、変化していったのではないだろうか。

『百戸の谿』の扉に記された〈兎に角、自然に魅惑されるといふことは恐ろしいことだ〉に示された若き龍太の思いは、俳句を通して自然を見つめつづけてきたものの自負に裏打ちされている。

『百戸の谿』の後半から擬人法を用いて成功した作が増えてくるのも、こうした自然への思いの深まりに対応していると思われる。福田甲子雄は『飯田龍太』のなかで〈自然に同化していく姿勢〉〈自然と一体になりきった姿〉を指摘しているが、擬人法はこうした態度の端的な表れと考えることができる。

夕焼けて遠山雲の意にそへり　昭27
ふるさとの山は愚かや粉雪の中　同
春すでに高嶺未婚のつばくらめ　昭28
いきいきと三月生る雲の奥　同
満月に目をみひらいて花こぶし　同
山河はや冬かがやきて位に即けり　同

自然を人間の側に引きつけただけの擬人法は技巧のみが鼻についてしまうが、これらの作品の擬人法はそういうものではない。自然に寄り添い、自然と同化し、自然の内側から表現しようとした結果が、たまたま擬人法の形をとった、というべきだろう。〈花こぶし〉の句は、作者自身が花こぶしと化して、大きな満月に驚きの目を見張っているようだし、〈三月生る〉は擬人法でとらえた時間を空間のなかに位置づけた。自然の中に溶け込んでしまえば、物や時間といった人間が定めた区別も消え去ってしまうかのようだ。

『百戸の谿』後半には、擬人法以外にも様々なレトリックが使われた作品が登場する。

ひぐらしの打振る鈴の善意かな　昭27
栗打つや近隣の空歪みたり　同
炎天に樹樹押しのぼるごとくなり　昭28
冬ふかむ父情の深みゆくごとく　同

これらを直喩、隠喩と分類していってもあまり意味はないだろう。ただ、〈私たちの認識をできるだけありのままに表現するためにこそレトリックの技術が必要だった〉（佐藤信夫『レトリック感覚』）とするなら、龍太俳句における多様なレトリックの存在は、作者の表現への強い意志を示しているといっていいだろう。故郷およびその自然とのある意味での和解に至りながら、その境地に安住しようとしないのも、こうした表現への強い意志によるものではないだろうか。そうした作者の意志は、第二句集『童眸』において、さらに激しい揺れを見せつつ展開されることになるだろう。

混沌の詩情――『童眸』の世界

1

「本格と専門」（『俳句の魅力』）で飯田龍太は〈大方の場合、第二句集には、どこか戸惑いが見えるものであるが〉と記している。野見山朱鳥に触れたこのことばは、龍太自身の第二句集にも当てはまるようだ。

龍太の句集のうちで収録句数の最も多いのが昭和34（一九五九）年に刊行された『童眸』である。昭和29（一九五四）年から昭和33（一九五八）年までの作品が収められたこの句集の後記には〈もとよりこの五年の間に生れた作品のすべてを録す自信はないが、しばらく自省の鞭をやはらげて、計四八二句とした。この道程については、これからも日をかけて顧み、己を正してゆきたいと考へてゐる〉とある。飯田龍太の句集のあとがきは、自身も認めるように、このあとまことに素っ気ないものになってゆくが、この『童眸』の後記には、著者の〈戸惑い〉の気配がある（細かいことをいえば、句集の最後に置かれた著者の文章の題名は、『童眸』だけが「後記」、ほかはみな「あとがき」である。『麓の人』以降はその短さも定まることを考え合わせると、『童眸』においてはまだ自己のスタイルを確立する途上にある、ということの傍証になるかもしれない)。

著者自身の評価も高いとはいえない。『新編飯田龍太読本』所収の廣瀬直人「飯田龍太著書解題」にあるように、〈この『童眸』で特徴的なのは、収録句数が多い割には、後年、自選句集が編集される際にこの集からの選出句数が他に比べて少ないということである〉。「自作ノート」(『現代俳句全集　二』)には、『童眸』について、〈多分に試行錯誤のきらいが強い。わけても数多くの旅吟に乱れがある。あわせて言葉が生硬の欠点を持つ〉と記され、さらに『麓の人』に触れて、〈『童眸』より作品は重く沈んだ感じだ。遠心的から求心的に、同時にある面ではなりふりかまってはいられぬという自立のおもいが濃くただよっているように見える〉と書かれている。この〈自立〉は、直接には蛇笏からの自立と見ていいだろうが、裏を返せば『童眸』は、軽く、遠心的で、自立していないとなるだろうか。

また、平畑静塔は、「童眸順境」(「俳句」昭和34年七月号)において、〈作者イコール風土〉という趣が濃いとして、その〈風土感情〉を高く評価する一方、旅吟については〈じっくりと他郷の自然と対決しようとする用意と決意を欠いている〉と指摘する。

早口にまとめれば、風土に根ざした句の成功と風土を離れた句の〈試行錯誤〉が『童眸』の特徴といえるかもしれない。虚心に見れば『童眸』において達成されたものは、ほかの句集に劣るものではない。〈過渡期の混沌〉(大中青塔子「『童眸』の視野」「雲母」昭和34年七月号)を通過することによって、作者は自己の資質を確認していったと思われる。創造のエネルギーに満ちた混沌から生み出された成果を、以下しばらくたどってみたい。

2

福田甲子雄は『飯田龍太』において〈龍太俳句の根底にあるものは、あくまでも自然と人間の調和した世界の構築にある〉（第四章「『童眸』のいのち」）と書いているが、自然と人間どちらに重きを置いているかに着目して、『童眸』の二つの流れを考えることができる。そしてこの二つの志向の扇の要に位置するのが次の一句である。

大寒の一戸もかくれなき故郷　昭29

句集冒頭に置かれたこの句は、『百戸の谿』の（作句時期としては）末尾に近い

山河はや冬かがやきて位に即けり　昭28

の透徹した視線を地上に向けたとき見えてくる風景といった趣がある。

〈大寒〉という語の背後には、寒気に対する人間の経験の積み重ねがある。この句の〈大寒〉も、単に暦の上のある一日ではなく、寒さに無関心ではいられない土地とそこでの暮らしに深く結び

ついていよう。〈一戸もかくれなき〉は、一戸一戸が視覚的に捉えられるということにとどまらず、そこに住む人々の姿、その日々の営みをありありと感じとった表現である。だからこそ〈故郷〉の断定が生きる。寒気凜烈たる中に身を寄せ合って生きる故郷の人々を身近に意識し、自分もまたその一員であると誇りを持って断言するような語調からは、この土地に根を下ろして生きていこうとする強い意志がうかがえる。

この一句を冒頭に置いたところに著者の思い入れもしくは覚悟を見て取ることができよう。『百戸の谿』には、〈故郷〉の語を含む句は収められていない。

春暁の幹もふるさと川鴉　昭27
ふるさとの山は愚かや粉雪の中　同
はあるが、この〈ふるさと〉に人間の影はない。その一方で、
露の村墓域とおもふばかりなり　昭26
富異へども戸戸の空夏来る　昭28
のように、対象と距離を置き、皮肉めいた視線を向けた句がある。

『百戸の谿』後半には、〈墓域〉のような故郷への負の感情を露わにした作品は影をひそめ、その分定住の気持ちが定まってくると考えられるが、〈大寒の〉の句は、その気持ちをさらに鮮明

に確認し、宣言する。森澄雄は、「俳句」昭和34年七月号の「『童眸』讃」で、龍太と故郷とのかかわりを〈故郷を負うという宿業を自らの文学の決意とする〉と指摘しているが、そのような重い決意を秘めつつ故郷の姿をくっきりと描き出した〈大寒の〉の一句は、龍太の生きる姿勢の表出として、『童眸』の巻頭を飾るにふさわしい作品といえる。

3

定住の気持ちを抱いて故郷の自然に向かう時、

雪の峯しづかに春ののぼりゆく　昭29

のような句がうまれるのだろう。『百戸の谿』の

雪山に春の夕焼瀧をなす　昭26
秋嶽ののび極まりてとどまれり　昭27

が、自らの若さをそのまま自然にぶつけたような句だとすれば、これは自然を信頼し寄り添う心から生まれた作品である。〈しづかに〉で、あたりの静かさだけでなく、ひそやかに姿を変えていく自然の気配を言いとめ、〈春ののぼりゆく〉という大づかみな表現で、移りゆく自然の息づ

かいを実感をもって捉えている。ここには、日々山を見て暮らす定住した生活者の視線が生きている。『麓の人』の

雪山のどこも動かず花にほふ　昭35

について、〈四十余年、見つづけてきた山々、特に春の白根三山の雪の姿が、それを見つづけて来た土着の眼で把え得たと思っている〉（『自選自解　飯田龍太句集』）と自解しているが、〈土着の眼〉がとらえた風景という点はそのままこの句にも当てはまる。

自然の微細な変化は、全身の感覚を働かせなければとらえられない。そうした自然に対する姿勢をよく示したのが、

耳そばだてて雪原を遠く見る　昭29

である。ここには〈雪原〉の直接的な描写はない。〈耳そばだてて〉〈遠く見る〉ことによって、対象をよく見、よく聴きとめようとする作者の姿勢が示されているだけだ。そこから聴覚や視覚に限らず、すべての感覚を総動員して、全身で自然に向き合う作者の姿が浮かんでくる。それが観念に終わらないのは、そうした姿勢の表現が、しんと静まり返って動くものの影もない雪原の描写にもなっているからだ。

杉橋陽一の『夢と露の子ども』には、〈龍太が若い頃から工夫を重ねてきた境界を混乱させる

やり方、たとえば同時にいろいろな感覚を並列させそれぞれ影響を与えあうようにする、といったやり方〉（「八　龍太の夢」）という指摘がある。その例として『山の木』の

柚子打つや遠き群嶺も香にまみれ　昭48

などが挙げられているが、〈耳そばだてて〉は、〈感覚の並列〉のかなり早い例ではないかと思われる。そしてこの〈感覚の並列〉は、龍太俳句における自然の感受の本質的な部分と密接に結びついていると考えられる。

飯田龍太には、〈柚子打つや〉以外にも

にはとりの黄のこゑたまる神無月　昭51（『涼夜』）
夕月のいろの香を出す青胡瓜　昭56（『山の影』）

など、声と色、色と香り、といった複数の感覚が渾然一体となった句が多くあり、『童眸』にも

風も子もあをき声撒く黍畑　昭32
少年の尿崖にとび水色の寒気　昭33

などの例を見出すことができる。

福島章は〈共感覚〉について、〈たとえば音を聞くと色が見える〉というように〈分化したい

くつかの感覚が相互に通底するような感覚のこと〉と説明し、〈人間が育つにしたがって、感覚も分化し社会化していきます。その過程で、原始的・本来的な共感覚という体験様式もいつの間にか失われてしまった〉、〈（宮沢賢治のような――引用者）詩人たちに見られる《共感覚的素質》は、分化した感覚様式と未分化な感覚様式が共存している状態を示しています。幼児や精神病者では、分化したものが欠如して未分化なものが露出しているのですが、天才たちでは、両者が共存・融和しているのです〉（『機械じかけの葦』）と書いている。

飯田龍太が〈共感覚的素質〉の持ち主かどうかはさだかではない。しかし、自然から全身で何かを感じ取り、表現しようとした時、通常の感覚様式の枠組みをはみだしてしまうものがあっても不思議はない。龍太が写生について述べた〈感じたものを見たものにする〉（『自選自解　飯田龍太句集』）工夫とは、未分化な感覚がとらえたものを五官のことばに翻訳すること、と言い換えることもできるのではないか。その結果実現した作品が、既成の感覚表現を飛び越えているのは、すぐれた表現者にとってはごく自然なことだろう。

満目の秋到らんと音絶えし　昭29

〈満目〉〈音絶えし〉と視覚聴覚の両面から自然を描こうとする姿勢は、〈耳そばだてて〉と共通する。夏から秋への季節の移り行きという一点に的を定め、その真ん中を見事に射抜いたような句である。古来、夏から秋への変化を主題とした詩歌は多いが、たとえば風の音や濡れ縁の冷たさなど、なんらかの具体物や具体的な感覚を拠り所として表現するのが普通だろう。ここでは、音がないという状態、しかし実際には音が全くないということはありえないわけで、いわば虚の感覚によって、現実以上に実感を持った世界を作り上げている。この〈秋〉は、他のどんな季節にも置き換えられない。

秋燕に満目懈怠なかりけり　昭27（『百戸の谿』）

をさらに純化させ、〈秋〉の本質だけを提示したような句である。
こうした自然の捉え方は、より具体的な描写を含む句においても見られる。

遠方の雲に暑を置き青さんま　昭30
秋冷の黒牛に幹直立す　同

句会で若手が〈遠方の〉を支持し、蛇笏が〈秋冷の〉を評価したというエピソードがよく知られているが、複数の感覚の並列という点では似た構造を持つ。〈遠方〉の句は、遠い白雲の暑と近い青秋刀魚の涼の対照が鮮やかであり、〈秋冷〉の句では、肌でとらえた季節感が〈黒牛〉〈幹直立す〉という視覚的イメージに形象化されている。前者が感覚を感覚として際立たせているのに対し、後者はきわめて感覚的でありながらそれを意識させない剛直な外見を保つ。
自然に対する根源的な感受は複数の感覚の並列以外にもさまざまな表現の模索へとつながる。

それは結果として通常とは異なる表現の地平を切り開くことになるだろう。

渓川の身を揺りて夏来るなり　昭29

この擬人化も、全身の感覚を集中して対象と一体となった作者の姿を端的に示す。外側からではなく、内側に入り込んでから対象を摑んだ作者が川とともに躍動しているようだ。先に触れた「童眸順境」で平畑静塔は、〈センシブルな自然との融合を果たしている〉と書いているが、この句はその典型といえる。

馬の瞳も零下に碧む峠口　昭32
雪山を灼く月光に馬睡る　同

前句では、〈零下〉という措辞が目新しいが、寒気を馬の瞳の一点に絞って表現し、さらに〈峠口〉という絶妙な設定で包み込んだところに、把握の冴えが見られる。後句では〈灼く〉という感覚的で誇張された表現が月光の明るさと静けさを確かに捉えている。両者とも、生き物への愛情のこもった視線が句に厚みを与えている。

飯田龍太の自然詠は、自然を額縁に入れて離れて観賞するものではない。そこには、自己が自然に自然が自己に浸透していく時間が畳み込まれている。だからこそ、作品の中で自然は生き生きと息づく。しばしば見られる季重なりも、形式的な約束事より、自然に対する信頼、自己の感受に対する信頼を優先するところから生じるのだと思われる。

龍太は「蛇笏と山廬」(「国文学　解釈と教材の研究」昭和38年六月号)で、〈芋の露連山影を正しうす〉に触れ、〈観念の中の抽象化された自然ではなく、自然の中から具体的につかみ出した己の映像が何の皮膜を隔てることなく眼前に据わっている〉と述べている。そして、作者の土着の決意を示す句が〈芋の露〉であり、〈極寒の塵もとどめず巌ふすま〉であるという山本健吉の説に賛意を示し、〈視覚として眺められていた自然が瞭かに自己の体内に流れ込んで、そこに作者自身の「風土」を形づくっているのだ。(……)自然の中に確固とした己の感動が生き生きと流れて、ひとつの明確な宇宙をつくり上げている〉と続けているが、これはそのまま飯田龍太の自然詠にも当てはまる。自己のなまなましい体験から素手でつかみ出されたことばの持つ力強さがここにはある。

飯田龍太の自然詠が成功したのも、対象となる自然が〈瞭かに自己の体内に流れ込んで〉いるからにほかならない。この文章が書かれたのは第三句集『麓の人』の時期に当たるが、『童眸』で確認された自然への信頼がこうした蛇笏観を支えているに違いない。

4

福田甲子雄の指摘のように、飯田龍太の俳句において人間はつねに自然とともにある。同時に龍太は、人間を、関係からではなく人間そのものとして見ようとする。たとえば、社会生活の中での役割としての父と子ではなく、人間の本然に基づいた父と子を描こうとする。そうした意味で人間を対象としたときの作者の姿勢は、自然を主とした作品の場合と変わらないといえる。

人間のなかでも子どもに目を向けた句が龍太俳句ことに『童眸』に多いことはしばしば言われる。福田甲子雄は、『龍太俳句３６５日』で、子、童児、少年など子どもを対象とした文字の使われている句が七十あると指摘している（文字の有無にかかわらず子どもを対象とした句を数えれば〈遠足の列の真下の川喚く〉などを加えてもう少し増えるだろう）。『山の影』までを対象とした福田甲子雄の調査によると、『童眸』が、数の上でも比率の上でも最も多く子どもを詠んだ句を含んでいるという。

『童眸』の七句に一句が子どもを詠んだ句でありながら、〈わが子〉ということばが使われたのは

新雪にわが子のねむりさるをがせ　　昭30

だけだ。福田氏は同書のなかで、〈吾が子であると同時に、それを越えた普遍性のある子供となっている〉と書いているが、わが子を対象として普遍性を失わず、一般的な子どもを詠みつつ肉親への情に裏打ちされた句風は、境涯に甘えず観念から自由な龍太作品の特質を、確かに示しているといえるだろう。

登場する子どもの姿もさまざまだ。

村の子に秋の湖いきいきと　昭30
湯の少女臍すこやかに山ざくら　昭32
少年にむらさき滲みる秋の谿　昭33

彼らは無垢で、生命力にあふれ、繊細で、傷つきやすい。人の世の打算や虚栄とは無縁の自然そのものといっていい存在。飯田龍太にとって子どもを詠むことは、そのまま自然への賛歌になるのではないだろうか。そうであれば、自然に最も近い姿である裸の子どもが特に輝いているのも不思議ではない。

幸福肌にあり炎天の子供達　昭31

飯田龍太の子ども観の原型を示すような作品だろう。自解には、『百戸の谿』の

炎天の巌の裸子やはらかし　昭28

と比べ、〈裸子〉の方が〈視覚的〉で〈感覚的〉なのに対し、〈同じ情景をしばらく瞼にのこしたのがこの句である。感覚の強弱というより、感性の剛柔の差といいたい。あるいは外側と内側の感じ方の違いかもしれぬ〉（同前）と記されている。他にも、『百戸の谿』には

泳ぎ子の五月の肌近く過ぐ　昭24

があるが、こちらは対象との間にやや心理的な距離があるようだ。

〈炎天〉の句は、〈炎天〉〈裸子〉〈やはらかし〉に少しずつ印象の重複があり、〈巌〉と〈裸子〉との対比がいくぶんあらわに過ぎるかもしれない。一方、〈幸福〉と〈子供〉の時に陳腐になりかねない組み合わせは、〈肌〉に焦点を絞ったことで、リアリティと臨場感を備えることになった。

杉橋陽一は

突堤に足ぶらぶらと松の内　平3（『遅速』）

に触れて〈ほとんど天国的な無垢そのもの〉（同前）と書いているが、〈幸福〉は、夏の日ざしを自然の恵みとして輝く無垢な子どもへの手放しの讃歌となっている。

月の道子の言葉掌に置くごとし　昭30
枯れ果てて誰か火を焚く子の墓域　昭32
高き燕深き廂に少女冷ゆ　同

掌中の珠のように子どもの言葉をいつくしみ、言葉が物質のように実感をもって意識される第一句、満目の枯れの中に燃え立つ一点の火がこの世ならぬ想念へいざなう第二句、〈高き燕〉の飛翔と〈深き廂〉の陰にいる〈少女〉を対比させ〈冷ゆ〉の一語に万斛の思いを込めた第三句。いずれも作者にとって痛切な体験の記憶と切り離せない句でありながら、表現の上ではあくまで自制と節度を保ち、普遍性を失わない。

こうした作者の姿勢は、子ども以外の肉親を呼んだ句においても変わらない。

露の父碧空に齢いぶかしむ　昭34（『麓の人』）

の自解で〈俳句は私小説だと言った人がある。私はむしろその「私」的部分をなるべく消す努力をしたいと思っている。たとえばこの「父」の場合でも、たしかに私の父だが、同時に「父一般」に通ずるものがないと作品としては不完全だ〉（同前）と述べているように、作者は、肉親の情を保つとともに、作品の上ではそれに溺れることがない。

晩年の父母あかつきの山ざくら　昭33

〈あかつきの山ざくら〉の華やぎを秘めたつつましさは、穏やかで平和な晩年の日々を過ごす両親の象徴であり、そこに差し添うほのかな光は、慈愛に満ちた作者の視線でもあるだろう。両親の生をねんごろに眺める視線は

父母の亡き裏口開いて枯木山　昭41（『忘音』）

とはるかに響き合う。

〈家族〉は心の故郷ともいうべき存在である。作者は、故郷に依存しそのぬくもりに包み込まれるのではなく、逆に自分がいつくしむ地点に立っている。その意味で〈晩年の〉の一句は、『童眸』の到達点を示すとともに、より〈自立〉し、より自由な句境の展開を予感させる作品ともなっている。

鎮魂と普遍――『忘音』を読む

『忘音』は、昭和41（一九六六）年から昭和43（一九六八）年までの三五五句を収め、昭和43年に刊行された、飯田龍太の第四句集で、同年度の読売文学賞を受賞した。書名は〈落葉踏む足音いづこにもあらず〉により、内容は、〈母への鎮魂のおもいが主軸をなす〉（『現代俳句全集　一』「自作ノート」）という作者のことば通り、〈鎮魂のおもい〉を基調として、句集全体が沈潜した雰囲気に包まれている。

1

落葉踏む足音いづこにもあらず　　昭40
生前も死後もつめたき箒の柄　　同

〈十月二十七日母死去〉と前書きのある十句から。自らの心の深淵をのぞき込むようにして、遺された者の思いを俳句形式に託した一連である。

前句は、いつも聞こえていた足音が今は聞こえないという ある意味で小さな変化が、それまで繰り返されてきた日常が永遠に失われたことを示す。後句は逆に、変わらない箒の柄のつめたさが不在を強く意識させるとともに、深い喪失感を浮き彫りにする。

父母の亡き裏口開いて枯木山　昭41

ここにも、一方に不在の思い、一方に変わらぬ枯木山という対比がある。また、裏口を開けたのではなく〈開い〉ているという描写の裏には、一種の虚脱感が潜んでいるだろう。ただ、一句の比重は〈枯木山〉の方に傾いていて、父母の死という事実を受け入れつつ、遺された者の責任において、日々の暮らしを守っていこうとする姿勢が窺える。それが作品のまとうほのかな明るさにもつながっているだろう。

冬耕の兄がうしろの山通る　昭41
同じ湯にしづみて寒の月明り　同

このころから、死者が死者という限定なしに登場する作品が見られるようになる。〈冬耕〉の句の自解では、〈写生は、感じたものを見たものにする表現の一方法〉〈俳句は「私」に徹して「私」を超えた作品に高めるもの〉と述べたあと、〈私の兄であり、私の兄でなくともよろしければ成功したものと思いたいのだ。この場合、生死の虚実は問うところではない〉と結ぶ（『自選自解飯田龍太句集』)。また、〈同じ湯〉については、〈(事実は母だが——引用者)そういう事実をつきつけると、作品のモチーフに足踏みして、大事な感動がどこかへ消えてしまう〉と書いている(同前)。ここには、普遍性への志向というより、個に根ざしながら個別の事実を突き抜けてこそ作者の思いは最もよく表現されるという、信念または覚悟がある。

こうした表現に対する意識の深まりとともに、作者にとって死者がより身近になってきたことも見逃せない。ひとのおもいのなかでは死者と生者を隔てるものはないという確信がこれらの句にはあるように思われる。

母通る枯草色の春日中　昭41

冬日向兄に短かき故郷の日　昭43

2

春暁の竹筒にある筆二本　昭42

この句について作者は、〈在るものをあるものとして表現することも私にとっては俳句のたのしみのひとつ〉と書く(同前)が、そこに〈在る〉ものから何を選び取り、どう表現するかには、作者の美意識が働く。同時に、〈在る〉ものを描きつつ、事実の単なる報告に終わらせないためには、言葉に対する繊細な感覚が欠かせない。

〈春暁の〉の句において、作者の関心は事実の再現にはない。〈二本〉（一本では少なく三本では多い）の筆が今日も使われるのを待って竹筒に置かれている。〈春暁〉にも、これから始まる一日を待ち受ける印象がある。他の季節の〈暁〉からはあまり受けない漠然とした期待感。

この句が明快な情景を描きながら、どこか抽象画のような雰囲気を漂わせるのは、組み合わされた言葉の響き合いを通して、〈春暁〉や〈竹筒の筆〉のいわば存在の本質に迫っているからに違いない。

凧ひとつ浮ぶ小さな村の上　昭41

この〈小さな〉は、親和の表現だろう。身近な、住人のひとりひとりや木や山をよく知っている村。姿は見えなくても、凧を見ればどの子が揚げているのかわかるような。

ここにも、具体的でありながら普遍的な世界がある。〈冬耕の兄〉が作者の兄でもそうでなくてもよいように、この〈村〉にも、作者の思いがたっぷり込められながら、読者それぞれが近しい村を思い浮かべられるふところの深さがある。

水鳥の夢宙にある月明り　昭41

眠る水鳥にほのぼのと月明りがさす。旅立つ日も遠くない春隣のころ、未来の旅路を思い描いているのだろうか。夢が宙にあるとも、宙にある夢を見ているともとれるが、その曖昧さが、逆に句にふくらみをもたせている。

どの子にも涼しく風の吹く日かな　　昭41

杉橋陽一は、上五の〈どの子にも〉に昭和31（一九五六）年に亡くなった次女純子が〈そっと滑り込んで来ている〉と指摘する。〈ことに助詞「も」にえもいえぬ悲痛さ、せつなさが漂っている〉（『夢と露の子ども』「二　親子の闇」）。

たとえば〈涼しき風の吹きゐたり〉では、一句はある観念の表出に終わり、杉橋氏のような鑑賞は生まれない。〈涼しく風の吹く日かな〉とすることで、涼しさは、眼前の子も眼前にない子も、この世の子もかの世の子もすべて包み込む。肌を過ぎるその風は、どこか人生の感触といったものを伴うようだ。

生と死、夢と現実といった区分けを超え、眼に見える事象のさらにその奥を、具体性と手応えを失わずに表現したのが『忘音』の世界だと思われる。

龍太の俳句世界

空

1

龍太には空を詠んだ印象的な作品が多い。それらの句は、甲州という風土の影をまといつつ、飯田龍太自身の資質や志向を色濃く映し出す。

誰の心にもあるはるかなものへの思い。それは夢であったり憧れであったりするだろうが、龍太の場合、空を仰ぐことは、対象を明確に見定めようとする強い意志に裏打ちされた行為でもある。初期から晩年まで、その時々の境涯や心情と分かちがたく結びついて描き出された空の表情を眺めてみたい。

春の鳶寄りわかれては高みつつ

『百戸の谿』所収。昭和21（一九四六）年作。作者の目は、螺旋をなして上昇する二羽の鳶を、空の深みへ追ってゆく。渋滞のないスピード感ある調べに呼応した若々しい心の高ぶりは、まさしく〈春〉にふさわしい。

兄逝くや空の感情日日に冬

『百戸の谿』所収。〈昭和二十二年九月兄鵬生戦死の公報あり〉〈十二月二十二日は鵬生命日なり〉といった前書きを持つ句のあとに、〈つづいて三兄シベリヤに戦病死〉としてこの一句が置かれる（この前書きは定本版では〈つづいて三兄外蒙古アモグロン収容所にて戦病死の公報〉と改められる）。〈感情〉という詩語としてはこなれない生なことばが、理不尽な力によって肉親を奪われたやり場のない心情を映し出す。

秋空にひとり日暮れて一周忌

『童眸』所収。昭和32（一九五七）年作。〈帰京の機中ひそかに亡児を想ふ〉の前書きがある。

氷下魚三周年記念大会のために北海道を訪れた帰途、前年の九月十日に急性小児麻痺のために亡くなった次女純子を追想する。句友と過ごした旅を終え、亡き子にまつわる思い出をひとつひとつたどる時間が訪れる。かつて〈露の土踏んで脚透くおもひあり〉と詠んだ悲しみはまだ癒えない。大空に〈ひとり〉日暮れるのは作者自身であるとともに、幼子の魂でもあるだろう。

露の父碧空に齢いぶかしむ

『麓の人』所収。昭和34（一九五九）年作、『自選自解　飯田龍太句集』の自解では〈失敗作〉として、俳句に親しみの薄い人にはわかりにくいこと、蛇笏だけでなく父一般に通じる普遍性に欠けることを理由に挙げている。境涯にもたれることを拒んだ龍太らしい見解だが、一方で〈年老いた父が露の朝空をなんとなく仰いでいる情景は、母には抱かぬしんみりした距離がある〉とも書いていて、作品評価とは別の愛着も感じられる。〈蛇笏〉の鎧を脱いだどこか寄る辺ない姿は、大地に根ざした母性とは違う、父という存在を象徴しているともいえよう。父と子のそれぞれの思いを包むように、青空はどこまでも澄み渡っている。

同じく『麓の人』昭和37（一九六二）年に収められた〈十月三日・父死す〉の前書きを持つ一連に空の句が二句ある。

鳴く鳥の姿見えざる露の空

普遍性に配慮する作者の意図に従って、作品成立の背景を考慮に入れず、独立した一句として鑑賞しても、秋空に響く朝の鳥の声は心にしみる。しかし、父の死という補助線を引いてみると、声は聞こえるのに姿は見えないという描写からは、大きな喪失感が窺える。詩歌の伝統に従えば〈露〉はしばしばはかない命を暗示するが、〈露の空〉は、そうした比喩を超えた象徴性を帯びる。この世に生を受けては立ち去ってゆく生き物の連綿とした営み。そこに生まれる数限りない悲しみを照らし出すような露の光。鳥を生者と死者の世界をつなぐものと考える古来の信仰もはるかに響いているだろうか。

秋空に何か微笑す川明り

夕暮れの空の光を柔らかく映す〈川明り〉のいたわるような安らぎが、〈何か微笑す〉に込められている。痛切な悲しみをやり過ごしたあとのどこか虚脱した思いがここにはある。

秋空の一族呼びて陽が帰る

『麓の人』所収。昭和35（一九六〇）年作。よく晴れた一日の終わり、太陽が一家眷属を引き連れて西の空へ帰ってゆく。一種の見立て、擬人法といってよいが、そうした分類がむなしくなるほど、童話のような無垢な感受が息づく。対象と距離を保って描写するのではなく、作者もまた空や太陽の仲間であるかのような親しみがある。

碧空に山充満す旱川

『麓の人』所収。昭和39（一九六四）年作。炎熱のもとでせめぎあう雲一つない空と山塊。人間の微小な思いなど跳ね返されてしまう自然の迫力。〈碧空〉〈充満〉〈旱〉、強い内圧を持つ語を連ね、〈炎天や力のほかに美醜なし〉（『百戸の谿』）の世界を具象的に描き出した。

空深き囀りは人忘じをり

『麓の人』所収。昭和40（一九六五）年作。〈母腹部手術　八句〉のうちの六句目。地上の人間たちへの警戒も忘れて鳥たちが本能のままに春の喜びを歌う。可憐な生き物たちを懐深く抱いて明るい春の空がどこまでも広がっている。そこには母の手術後の作者の安堵が反映しているだろうか。

2

凧ひとつ浮ぶ小さな村の上

『忘音』所収。昭和41（一九六六）年作。自解（同前）によれば、雲母京都支社創立三十周年を記念して出版された句集の記念俳句会に出席し、翌日は大阪の蒲田陵塢を見舞ったその帰りの車中から見えた風景という。友は〈死を眼前にし〉ていたが、その日は〈幸いに小康を得て、何の苦痛もなく病人も共に笑い合った〉。

一句は、細かい描写を省き、物の配置だけを簡潔に示す。茫漠とした空の下の小さな村、更に小さなひとつの凧。事実をそのまま映し出したように見えてどこか抽象的で、遠い記憶か夢の中の情景のように、もどかしくとらえどころがない。その放心したような現実感のなさの裏に、重篤な友を見舞ったあとのやりきれない感情の余韻が揺曳している。

凍空を憧れて翔ぶもののあり

『忘音』所収。昭和42（一九六七）年作。冴え渡った極寒の青空を一つの点となり、まるで空に憧れるように飛んでゆくもの。句集では次に

禽鳴いてやや耳遠き日向山

さらに二句置いて

翔ぶものを許す冬日の大菩薩

があることから考えても、また文字遣いから見ても、〈翔ぶもの〉は鳥だとすべきかもしれない。しかし、空に憧れるのは鳥に限らない。想像に枠をはめる具体物を持たないこの句から、人間の大空への夢を実現した金属の翼のきらめきを思い描くことも許される気がする。

捨てにゆく子猫鳴くなり夕焼空

『忘音』所収。同年作。親に命じられて子どもが子猫を捨てにゆく姿が浮かんでくる。足どりも重く、抱えた箱の中から何も知らない子猫の声が聞こえる。夕焼けが少年の背と心を染める。胸がしめつけられるような切なさ懐かしさは、古き良き日本映画の一場面のようだ。

いづこにも雲なき春の瀧こだま

『忘音』所収。昭和43（一九六八）年作。晴れ渡った雲一つない空の下、春を迎え清冽な雪解け水で勢いを増した滝がとどろく。視覚にも聴覚にも曇りのない晴朗な世界が鮮やかに描かれる。

炎天のかすみをのぼる山の鳥

『春の道』所収。昭和45（一九七〇）年作。それ自体が発光しているかのような炎天のかすみの中を、ひとつの鳥影がぐんぐん上昇してゆく。〈海〉でも〈川〉でもなく、〈山の鳥〉とすることで、視線はくっきりと上方に向く。種類を限定しないために、その鳥の性質ではなく、鳥自身の意志で上ることを選び取ったかのような印象が生まれる。

銀鼠色の夜空も春隣り

『春の道』所収。同年作。〈うすうすと紺のぼりたる師走空〉（『麓の人』）などと同様に、季節の微妙な移りゆきを空の色合いで表現した。全体が鈍い光を帯びたような夜空は、もう冬のそれではない。多分に作者の心象に染められた〈銀鼠色〉が、冬の果でも春近しでもない〈春隣り〉と絶妙な調和を見せる。

秋の空紅涙といふ言葉あり

『山の木』所収。昭和47（一九七二）年作。『日本国語大辞典』によれば、〈紅涙〉とは、第一に

〈血の涙。悲嘆の涙をたとえていう語。血涙〉、第二に〈美人の涙。女性の涙〉、第三に〈花に置いた露をたとえていう語〉とある。〈といふ言葉あり〉というだけで、文字自体が喚起するイメージと〈紅涙〉という語が本来持つ意味が重層的に響き合い、読者に多くのことを想像させるが、その芯にあるのは、いささか古風な直截で純粋な感情の表出だろう。具体的な描写がないにもかかわらず、突き抜けるように澄み渡った秋空が見えてくる。

白梅のあと紅梅の深空あり

『山の木』所収。昭和48（一九七三）年作。紅梅と空を取り合わせた作品としては、

紅梅や枝枝は空奪ひあひ　　鷹羽狩行

があるが、掲句の場合、眼前の紅梅と背景の青空に、白梅の残像が加わることで、色彩のコントラストが立体的になるとともに、時間的空間的な奥行きが生まれた。自解（『現代俳句全集　一』「自作ノート」）にいう〈じょうじょうとした紅梅の風情は、山国の春にふさわしい彩である〉といった感慨も封じ込め、ほとんど名詞を組み合わせただけの無欲な表現が、静謐で充実した時間を捉えている。昨日と変わらないように見えて、日々少しずつ異なる空の表情が、対照的な色彩の花との対比の中で、確かに定着されている。

初御空念者いろなる玉椿

『山の木』所収。昭和50（一九七五）年作。〈念者〉は男色で兄分に当たる者。〈玉椿〉は椿の美称。〈初御空〉と〈玉椿〉のめでたさを〈念者いろ〉という語が不思議な色合いに染める。現実の生々しさが作者の美意識に漉され、雅びで艶なる世界を作り上げた。

毛糸編む碧落しんと村の上

『涼夜』所収。同年作。一心に毛糸を編む当人が空を意識することはないが、少し距離を置いて眺める作者には窓の外の冬の青空が見える。〈碧落〉とすることで、空が近く大きく感じられ、まるで村に覆いかぶさってくるようだ。

3

去るものは去りまた充ちて秋の空

『今昔』所収。昭和53（一九七八）年作。龍太には、鑑賞の焦点となるべき具体物のない句が、しばしば見られるが、これもそのひとつ。渡り鳥のように、少し前まで空を賑わしていた鳥たちが消え、それと入れ替わるように新たな鳥の声が空を満たすさまを想像するが、そのように限定する必要はないのかもしれない。生きものだけでなく、雲でも風でも日の光や月光でも、さまざまなものが空に現れては通り過ぎてゆく。空虚のように見えて、多様な営みが満ちている、いわば大いなる器としての空を、秋の爽気とともに描き出した。

裏富士の月夜の空を黄金虫

『今昔』所収。昭和54（一九七九）年作。場の設定や極大と極小の対比という点で、蕪村の〈飛蟻とぶや富士の裾野の小家より〉を想起させる。蕪村の句が、羽蟻とともに地上から一気に上昇して大景を俯瞰するのに対し、掲句は、裏富士の月夜という豪奢な景を黄金虫の鈍い輝きに収斂させる。〈飛蟻とぶや〉が極小から極大への視線の移動を描くとすれば、〈裏富士〉の視線は極大から極小に移動したあと、ふたたび極大に還ってくるといえるだろうか。曇りない月の光がどこまでも照らす裏富士の空を、自分も一匹の黄金虫となって飛んでいくようだ。

鵯色の空より湧いて虎落笛

『今昔』所収。昭和56（一九八一）年作。夕映えのまだ残る空に虎落笛がひびく。〈鵯色〉は淡紅色。トキの風切羽などから名付けられた色で、しののめ色ともいう。この一語があることで、虎落笛に艶が加わる。寒々とした景がほのかな温みを帯びる。

鳥帰るこんにゃく村の夕空を

『今昔』所収。同年作。こんにゃく村でもキャベツ村でも夕空に変わりはないようだが、そうとも言い切れない。秋に収穫した芋を春にまた植え、それを再び秋に収穫しさらにまた春に植え、という作業を繰り返してこんにゃくは栽培されるという。こんにゃくのイメージとは対照的なそうした生活と労働を背景に置いて一句を読むと、〈鳥帰る〉に何ともいえない妙味が加わる。こもるようなウ音とオ音を中心とする音のつらなりと、〈こんにゃく〉のぬらりとした語感が、日も長くなった春夕べのけだるくも明るい気分を伝えている。

露の空国の旧悪棘のごと

『山の影』所収。昭和57（一九八二）年作。龍太には、社会や政治にかかわる句がごくまれに現れる。特定の政治的立場からの主張というより、民衆の抱く感慨の自然な吐露というべきだろうか。〈国の旧悪棘のごと〉は、日本人というより、すべての国に生きる人に共通する思いだろう。

こうした一般化が作者の意に適うかどうかは定かでないが、あらゆる国家には棘のように抜けない〈旧悪〉が存在する。そんな地上の人間たちの思いとは関わりなく、秋の空はいよいよ青くいよいよ澄んでいる。『遅速』にはこんな句もある。

冬晴れの空大国の和すごとし　平成2

夕焼空詩に鴆《ちん》毒《どく》あることも

『山の影』所収。同年作。〈鴆毒〉とは、「中国南方の山中にすむ鴆という鳥の羽にある猛毒。甘く美味であり、鴆の羽をひたした酒はよく人を殺すといわれる」（『日本国語大辞典』）。用例には、木下杢太郎『食後の唄』の北原白秋による序文が挙げられているが、杢太郎を評した白秋の言葉の前後を補うと、〈彼の脳漿は全く三角稜の多彩、彼自ら謂ふ所の万華鏡の複雑光で変幻極りなかつた。（……）彼はこれら鴆毒の耽美者発見者ではあつたが、彼自らを決してその鴆毒の為めに殺す痴愚と溺没とを敢てしなかつた〉。龍太自身は『食後の唄』について、「五月のひと」という文章で〈遠い北窓の空を眺めながら、南縁の雨滴を聞いているような、そんな明るい懈怠と希望に、なんべん読みかえして、そのたびに青春の血をたぎらせたことか〉（「風土・十二ヶ月」）とその傾倒ぶりを記している。〈鴆毒〉という語には、語感の珍しさ以上に、作者の思い出や思い入れが込められているようだ。詩人とは、鴆毒を操りながら自らは毒に酔うことも溺れることもない存在なのだろうか。美しくも禍々しい夕焼とひびきあい、〈甘く美味〉であると同時に人を殺す力を持つ詩の魅力と恐ろしさを感得させる。

鶏鳴に露のあつまる虚空かな

『遅速』所収。昭和60(一九八五)年作。目で見、手で触れることのできる物は何もないのに、〈鶏鳴〉の波動が、露の光をまとった確かな実体であるかのように描かれる。鶏の鳴く声に深まりゆく秋を感じ取った一瞬の感受が、緊密に組み合わせられた言葉の力により、揺るぎない実在感をもって読む者に迫る。

碧空の中なにもゐぬ大暑かな

『遅速』所収。昭和61(一九八六)年作。夏のさなか、すべての生きものの気配を消し去った暑熱だけが、どこまでもひたすら青い空に満ちている。他との取り合わせではなく、空そのものを描き出して有無をいわせない迫力がある。

山

1

山は、龍太俳句の風土と切り離せない、重要な題材のひとつであり、その作品において親疎さまざまな表情を見せる。甲斐と他国を隔てる壁であるとともに、日々の暮らしを見つめ、心の支えともなる山を対象とした作品を読んでみたい。

冬山のふかき襞かなこころの翳

『百戸の谿』所収。昭和24（一九四九）年作。龍太の作品としては最初期に属するといっていいだろう。中七の〈かな〉や下五の字余りなど、破格で生硬なリズムと、自然描写から結びの心象表現への飛躍が、青春の鬱屈を伝えて忘れがたい印象を残す。この時期の龍太の心情を窺わせる作品としても興味深い。

雪山に春の夕焼瀧をなす

『百戸の谿』所収。昭和26（一九五一）年作。『自選自解　飯田龍太句集』には〈春めいてくると、太陽はすこしずつ北に寄って峰を離れ、しばらく空を染める。むろん白根三山は、まだ深い雪に覆われているから、夕焼はその雪面を照らして豪華な風景になる〉とある。自然の清浄にして豪奢きわまりない瞬間を、季重なりを意に介さない思い切った表現で切り取った。音がしないはずなのに、〈瀧をなす〉の比喩からは、山巓の雪を激しく染める夕焼の力強い響きが耳を打つ。

秋嶽ののび極まりてとどまれり

『百戸の谿』所収。昭和27（一九五二）年作。渾身の力で正面から対象に向き合い、その本質を素手で摑みとった。峨々たる山容を思わせる硬い語感の〈秋嶽〉を冒頭に据え、中七下五をためらいなく一息に詠み下すことにより、澄明な大気に聳える山の姿が鮮やかに現前する。若さみなぎる力強い把握である。

強霜の富士や力を裾までも

『百戸の谿』所収。昭和28（一九五三）年作。中七の途中に切れを置くやや変則的なリズムを、〈力を裾までも〉の渋滞のないすっきりした表現がしっかり支えている。下に行くに従って広がって安定感を増す富士の円錐形のように。

ある夜月に富士大形の寒さかな　　蛇笏（『山廬集』）

などで、富士に対して古代の人のような無条件の讃仰をうたう蛇笏に比べ、龍太の場合はより分析的、近代人的といえるだろうか。

雪の峯しづかに春ののぼりゆく

『童眸』所収。昭和29（一九五四）年作。山の裾の方から次第に雪が解け、土の色や樹木の姿が見えてくる。一日一日のかすかな変化は、ただ漫然と眺めているだけでは気づかない。毎日の暮しの中で山の姿に気を配っている人だけが得られる感受だろう。〈のぼりゆく〉の擬人法には、山と春に対する親しみがこもっている。

山寒し年改まる三日前

『童眸』所収。昭和33（一九五八）年作。季重なりだが、自然なリズムに乗って表現されているので、抵抗を感じさせない。前句とは逆に、毎日見ていながら気づいていなかったことが、ある日突然意識に上った時の感慨だろうか。

山枯れて言葉のごとく水動く

『麓の人』所収。昭和34（一九五九）年作。生きものの影もなくしんと静まりかえった冬の山中に水音だけがひびく。木々も葉を落とし、日ざしに包まれた山は、夏よりもむしろ明るい。何かを語りかけるような水音に耳を澄ましているのは、作者だけではないかもしれない。

雪山のどこも動かず花にほふ

『麓の人』所収。昭和35（一九六〇）年作。遠景の雪山と近景の桜の対比が美しい。自解（同前）で〈好ましい作品のひとつ〉として、〈四十余年、見つづけて来た山々、特に春の白根三山の雪の姿が、それを見つづけて来た土着の眼で把え得たと思っている〉と述べられているように、〈どこも動かず〉が平面的な描写を超えて山の真実をとらえている。古語の〈にほふ〉には〈照り映える〉という意味があり、平仮名で表記したのもその点に配慮したのだろうが、この花は、たとえば〈くれなゐにほふ桃の花〉よりもっとつつましやかな感じがする。目に立つような言葉も表現もないが、切れを置かない静かでなだらかなリズムに、通りすがりの旅行者には望めない土着の視線が息づいている。

ひえびえとなすこと溜る山の影

『麓の人』所収。同年作。ひとつひとつは大した手間ではないが、つい億劫がって先延ばしにしていると、積もり積もって片付けるのがますます面倒になってしまう、日常生活の細々としたあれこれ。気になる些事とともに日々を過ごすうちに鬱屈した気分が澱のようにたまってくる。その思いにかなうような寒々とした山の姿。誰にも思い当たる心理が〈ひえびえ〉〈山の影〉という語によって、象徴的に表現された。

冬山路教へ倦まざる声すなり

『麓の人』所収。昭和37（一九六二）年作。〈なり〉は、いわゆる伝聞推定の助動詞で、聞こえる音や声から推定する意味がある。教えている内容ははっきり聞き取れないが、その声音、調子から、話し手の熱意は十分伝わってくる。作者は、〈声〉から〈教へ倦まざる〉意志を感じ取ったのだ。背後には、その声に一心に耳を傾けている真剣なまなざしがある。穏やかな冬の日ざしに照らされて。山もまた教員と子どもたちを見守っているようだ。

2

ふるさとの楢山夢の粉雪舞ひ

『麓の人』所収。昭和39（一九六四）年作。難解な語は何もないが、夢のようにつかみどころのない、しかしどこか心惹かれる作品である。〈ふるさとの楢山〉〈夢の粉雪〉の対置が雪降りしきる楢山の景に奥行きを加える。それはそのまま作者の思いの深さを表すだろう。

夕焼けて夏山己が場に聳ゆ

『麓の人』所収。同年作。夕焼けは夏の季語だが、この〈夏〉に余分の感はない。どっしりと山が山として聳えていることを実感する季節は夏なのかもしれない。壮大な夕焼けに対峙して己を持する山の姿は、人間の小賢しい知恵を超えた自然のドラマを見るようだ。

雪山に春の夕焼瀧をなす　『百戸の谿』
寒茜山々照らすにはあらず　『忘音』

に比して、山を主役にした一句といえるだろう。

ゆく夏の幾山越えて夕日去る

『麓の人』の掉尾に置かれた一句。昭和40（一九六五）年作。季節の終わりと一日の終わりを重ね合わせ、それをうすれゆく太陽の光に結晶させた。牧水の〈幾山河越えさり行かば寂しさのはてなむ国ぞ今日も旅ゆく〉にも通う感傷のしめりをまとうが、漂泊を甘美にうたう牧水に対し、去るものを見送ってとどまる者の視点がここにはある。詠嘆を排したのびやかなリズムに乗せて、去りゆく季節への思いが情感豊かに定着された。

手が見えて父が落葉の山歩く

父母の亡き裏口開いて枯木山

冬耕の兄がうしろの山通る

〈手が見えて〉は『麓の人』所収。昭和35（一九六〇）年作。〈父母の亡き〉〈冬耕の〉はともに『忘音』所収、昭和41（一九六六）年作。家族と結びついたこの身近な山も、龍太にとってはかけがえのない存在だろう。この山とともに生きてきた一族のひとりとしてここに土着すると心定めた時、風景はちかしい人の温もりと分かちがたくむすびつく。

〈冬耕の〉の自解（同前）で龍太は、〈私は、写生は、感じたものを見たものにする表現の一方法と考えている。その逆でもいい。また、俳句は「私」に徹して「私」を超えた作品に高めるものだと思っている。例えばこの作品の場合、私の兄であり、私の兄でなくともよろしければ成功したものと思いたいのだ。この場合、生死の虚実は問うところではない〉と書く。

山を歩く父、不在の父母、そして亡き兄。母郷の自然の前では生死さえも決定的な差異とはならない。土着するとは、生前も死後もこの土地とともにある定めを受け入れることなのかもしれない。家族にかかわる時々の思いを受け止めて、山は変わらずにその姿を見せている。

秋風の山路濯ぎの音しづか

『忘音』所収。昭和40（一九六五）年作。先に触れた

冬山路教へ倦まざる声すなり　『麓の人』

と対をなすような句。生活の音に耳をとめ、自然の中で変わらずに営まれる人の暮らしに思いを寄せた。短い夏を経て冬に向かう前のおだやかなひととき。濯ぎの音に作者も静かに耳を傾ける。

山々のはればれねむる深雪かな

『忘音』所収。昭和41（一九六六）年作。雪が激しく降り積もった一夜が明け、晴れ渡る空の下、

すっぽりと雪に包まれた山が静かに横たわる。〈はればれ〉は天候を表すとともに、その景を眺める者の心情でもある。雪と山以外の、余分な要素をそぎ落とし、ぎりぎりまで単純化された一句は、清浄で無垢な光に包まれている。

山裾の真闇ぬくみて春祭

『忘音』所収。同年作。その年の豊かな稔りを祈念して行われる春祭には土の匂いが濃い。山の麓の村の素朴な祭りの灯を囲むように、闇が刻々と密度を増す。冬にはないぬくもりに満ちたその闇は、生きものの胎内のように、新たな生命をはらみはぐくんでいるかのようだ。

短夜の水ひびきゐる駒ヶ嶽

旱天の冷えにのけぞる駒ヶ嶽　昭39

『忘音』所収。昭和42（一九六七）年作。夏の夜明け。空は明るくなったが、日ざしはまだ大地にとどかない。黎明の空を背にした駒ヶ岳の山かげに清冽な水の音がひびく。『麓の人』のが全力で対象に立ち向かっているのに対し、より肩の力を抜いて、身構えずに対象に向き合った一句。

初冬のまた声放つ山の鳥

『忘音』所収。同年作。葉を落とした木々の間に日が差し入り、山はしんと静まりかえっている。聞こえるのは折々にひびく鳥の声のみ。さきほどと同じ鳥だろうか、ふたたび鋭い声が初冬の山の空気を切り裂いた。

露ふかし日の出る山も没る嶺も

『春の道』所収。昭和43（一九六八）年作。東の山から上った太陽は、山国の空を一日かけて横切り、西の嶺に沈む。それぞれの個性をもった四方の山々に見守られる日々の生活。深まる秋の澄んだ大気の中に山の姿がますます明瞭に見えてくる。

3

近づいて冬雨ひびく山の家

『春の道』所収。昭和44（一九六九）年作。我が家と取るか人の家と考えるかで、印象は幾分異なるが、親疎いずれにしても、近づく家との微妙な距離感が一句にある種の緊張感をもたらしている。山の家とあるからには、周囲に人家はまばらか、あるいは見えないのかもしれない。激しい雨が降り続くなかを、その一軒をめざして山路をのぼる。近づくにつれ、目指す家は大きくなり、雨音もことに強くひびくように思われる。冗語とも見える〈近づいて〉の示す作者の運動が、視覚と聴覚の変化を生む。単純な語彙と表現の裏に複雑な心理の綾が織り込まれている。

山の陽をあびて釘打つ林檎箱

『春の道』所収。同年作。そのような経験を持たない者にも懐かしさを感じさせる場面である。日常卑近な素材が山の陽に照らされて詩の輝きを放つ。釘のきらめき。林檎箱の粗い手触りとぬくもり。そして、日々の暮らしに寄りそい、目を上げればいつもそこにある山への親しみ。

斑雪山月夜は滝のこだま浴び

『春の道』所収。昭和45（一九七〇）年作。美しい情景だが、美に溺れることなく、対象をしっかりと見据えて描き出した。まだ雪の残る山を月明りが照らし出す。春を迎え水量を増した滝が、こだまを響かせる。昼間より夜に、曇り空よりも晴れた空の下で、その音は、いっそうくっきりと耳にとどく。

蔓草の根を切つて山晴れわたり

『春の道』所収。同年作。一読して気持ちのいい句だと思い、次に季語は何だろうと考える。『飯田龍太全集』や『季題別飯田龍太全句集』には〈蔓たぐり〉（秋）の句とされている。『最新俳句歳時記』（山本健吉編）によれば、〈蔓たぐり〉とは、〈収穫のとまった瓜類・豆類の枯蔓をたぐり抜くこと〉だという。一方、廣瀬直人は『飯田龍太の俳句』で〈夏の青空のはげしさが見えてくる句〉として、〈一面にはびこっている蔓をたどりながら、その根に行きつくと、そこで根から切り離す〉と、作業の具体に即して述べている。句集では、〈夕焼〉〈秋の蟬〉〈八月の姫女苑〉と来たあとにこの句が置かれ、さらに〈虻〉〈白露の日〉と続く。何とも決めがたいが、蔓を引き抜くと根を切るとは違う動作と考えるべきだろうし、句の勢いからいっても、やはり夏の句と考えたい。畳みかけるような五・五のリズムで表される前半の激しい労働に対し、〈山晴れわたり〉ののびやかなリズムが、汗を拭いながら見入る山の青空を想像させる。近景と遠景、人間の営みと自然のひろやかさが、時間の経過とともに描かれる。

露の山から朝日さす安部医院

『春の道』所収。同年作。ほとんどの読者にとって縁もゆかりもない〈安部医院〉。固有名詞でありながら想像の手がかりのない医院が、〈露の山〉からの朝日を受けて、はっきりした輪郭を持ち始め、親しみ深いものとなる。季語の持つ力を改めて実感させる一句。

寒樹より湧きたつ富士を撮しゐる

『山の木』所収。昭和46（一九七一）年作。『春の道』にもよく似た構図の

木叢より富士見えて夏果てしかな　昭44

があり、どちらの句も、手前の樹木がその彼方に聳える富士の威容を強調する。掲句は、撮影者から冬木立へと、近景から次第にせり上がる視線が、富士に焦点を結ぶ。富士のうしろに広がる真冬の空が眩しい。

山あはあはと紅梅の彼方かな

『山の木』所収。同年作。うすうすと淡彩で描かれた後景の山なみと、眼前に迫る紅梅との対比が鮮やかだ。耳になじまない語を用いず、リズムや言葉の響きに細心の注意を払いながら繊細に組み立てられた一句。ア音と柔らかい子音をつらねた〈山あはあは〉でゆるやかに始まった上七から、〈紅梅〉〈彼方〉のきっぱりした響きを伴う五・五へ、いわば緩から急への転換を経て〈か

な〉で結ばれ、ふたたび冒頭へ還ってゆく。一幅の軸のようなやや縦長の構図の中にふっくらとした早春の気配が漂う。

山の雨たつぷりかかる蝸牛

『山の木』所収。同年作。『飯田龍太の俳句』によれば、「雲母」誌上に発表された初出では〈山の露〉だったという。〈露〉を〈雨〉に推敲することで、かたつむりに雨はつきものとする常識を乗り越え、平凡な情景を非凡な把握に昇華させた。〈たつぷりかかる〉雨の量感が、小さな生き物への大きな自然の恵みの豊かさを表現する。

雪山をはなれてたまる寒の闇
山々に闇充満し夏に入る

『山の木』所収。ともに昭和47(一九七二)作。どちらも闇を物質のように扱いながら、季節による手触りの違いがたしかに表現されている。前句の闇は、雪明かりに浮かぶ山の麓や谷に重く冷たく立ちこめる。後句の闇は濃密で、季節の精気がこもる。詩語に似つかわしくない、即物的散文的な語感の〈充満〉に、対象に向かって一歩も引かない作者の気魄がみなぎる。句中に切れを置かず一気に読み下して、夏を迎えた夜の山を描き出した。

4

群嶺群雲紫陽花の季なりけり

『山の木』所収。昭和48（一九七三）年作。遠景では、重たい雲が山なみにかかって雨期の訪れを告げ、近景では、季節の花に清冽な色彩が兆す。口腔にこもるウ音を中心とした上五の破調が、漢字を連ねた字面と相俟って山国にかぶさる梅雨空を暗示する。そこから、きっぱりしたイ音を響かせて〈紫陽花の季なりけり〉と詠み下すことによって、暗鬱な季節に抗うようにひらく花の姿が鮮やかに描かれる。

ゆく夏の櫛に髪つき山の澄み

『山の木』所収。同年作。櫛に髪の毛が絡む、厭わしいともいえるさまは、日々の暮らしの中で澱のように沈む疲労や倦怠感を象徴するか。対照的に、山には秋の爽やかな気配が立ち始めている。やりきれない思いが〈ゆく夏〉〈山の澄み〉によって浄化され、全体として晩夏の印象的な一場面を構成する。遠近の対比に自然の澄みと生活の濁りが重ね合わされ、一句に複雑な味わいをもたらす。

藺白ししんしんと山遠くまで

『山の木』所収。昭和49（一九七四）年作。眼前の藺の純白が、〈しんしん〉という聴覚的表現を介して、さらにはるかなものへとつながっていく。作者にとって山は、見えていなくても確かに存在するものとして、日々の暮らしの意識下に根をおろしているようだ。

短日の塀越しに甲斐駒ヶ嶽
伊吹より風吹いてくる青蜜柑
鳥たかく和して越えゆく大菩薩

『山の木』所収。いずれも昭和49（一九七四）年作。わたしを含め、その名を聞いて山容を即座に思い浮かべられる読者ばかりではないだろうが、それぞれの固有名詞が一句の中でさりげなく息づいているのが感じられる。夕暮近い日ざしのなか、塀越しの視線を受け止めてどっしりと構える甲斐駒ヶ岳。風を送って青蜜柑を揺らす伊吹山。さらに、互いにいたわり合いながら鳥影が高々と越えてゆく大菩薩嶺。日常詠であれ旅吟であれ、作者の視線の先に、なつかしく親しげなたたずまいを見せる山々。近から遠、遠から近、遠から遠、という視線の移動が、額縁の中の写生画にとどまらない生き生きとした力をそれぞれの場面にみなぎらせる。

短日やこころ澄まねば山澄まず

『山の木』所収。同年作。厳しい冬を前にした日を浴びてかがやく山には、見る者も心静かに対座しなければならない。箴言風の〈こころ澄まねば山澄まず〉が観念の表出に終わらないのは〈短日〉の賜物だろう。世間では、何かと気忙しく〈こころ澄〉むという境地からは遠ざかりがちなころ。自然と人間世界の陰翳をまといつつ、きっぱりした響きを持つ〈短日〉が一句を引き締める。

神無月からりとうかぶ山の顔

『山の木』所収。同年作。〈神無月〉〈からり〉〈うかぶ〉〈顔〉と、カ音を効果的に利かせ、明るく乾いた印象を読者に与える。ことに〈からり〉の響きと〈顔〉の擬人法からは親しげな山の表情が窺える。心理の屈折を切り捨て、初冬のあっけらかんとした風景に身をゆだねた。

野老掘り山々は丈あらそはず

『山の木』所収。昭和50（一九七五）年作。〈野老掘る〉について、『角川俳句大歳時記』は、〈根は指ぐらいの太さでそれが地中で分岐している。鬚根が多いので、「野老」という名前がつけられた。（……）早春にその根茎を掘る〉と解説する。例句は〈この山のかなしさ告げよ野老掘り芭蕉〉と掲句が挙げられているのみだ。確かに、標高何メートルなどと山をランク付け、競わせる人間の勝手を尻目に自足する穏やかな山々の姿は、春にこそふさわしいと思える。悠然と構える山々と黙々と野老を掘る人とは、どこか通い合うものがあろう。

夏山の紺ひりひりと萱の中

『涼夜』所収。昭和52（一九七七）年作。〈夏山の紺〉という大柄な詠いだしから、痛覚を刺激する擬態語を経て、〈萱の中〉に続く。〈ひりひり〉は〈夏山の紺〉の形容であると同時に、〈萱の中〉にもかかると考えたい。〈顔入れて顔ずたずたや青芒　草間時彦〉ほどあからさまではないが、青萱の触感への想像から導かれる一種の危機意識が、真夏の情景に緊張感をもたらしている。

遠山火寝息生絹《すずし》のごとくゆれ

『今昔』所収。昭和53（一九七八）年作。〈生絹〉とは、練り絹に対して、練っていない生糸の織物で、軽く薄く紗に似るという。闇に揺れる山焼きの炎とかたわらの寝息。その変化を〈生絹のごとく〉と観じた把握は、寝息の主への深いいつくしみに裏打ちされている。遠景に向かう視覚と近景をとらえる聴覚が渾然一体となって、一つの世界を形づくる。「晩年の初心」で龍太は、〈風立ちぬ深き睡りの息づかひ　日野草城〉に触れて、この作品には〈どこかほのぼのとした温みがある〉として、〈この「息づかひ」は、おのれのごとく、あるいは日夜看護《みと》ってくれる妻の仮睡の一刻のごとく、両者いずれとも分ちがたい幻妙の風趣〉（『俳句の魅力』）と書いている。掲句もまた、繊細な感覚が〈ほのぼのとした温み〉と〈幻妙の風趣〉を捉えた作品と言える。

5

裏返る蟇の屍に青嶺聳つ

『今昔』所収。昭和53（一九七八）年作。近景と遠景の対比に小と大、死と生を重ね合わせた。夏山の圧倒的な迫力に負けない存在感が、この蟇にはある。腹をさらけだした無様といってもいいその姿には、むき出しの死の重みと厳粛さがある。

返り花咲けば小さな山のこゑ

『今昔』所収。同年作。桜だろうか、季節を違えて咲いてしまった花をやさしくいつくしむように山が声をかける。初冬の穏やかな日ざしの向こうに、眠りに入る前の静かな山の姿が浮かぶ。

山の灯に棘生えてくる寒暮かな

『今昔』所収。昭和56（一九八一）年作。冬の日暮れ、強まる寒気に眼を開き続けると涙が滲みだす。涙をとおして、点々とともりはじめた山の灯りを眺めると、棘が生えたように見えてくる。日常の小さな体験を新鮮な言葉で捉え返した。

春の山夜はむかしの月のなか

『今昔』所収。同年作。昼の間はこの世の喧噪や慌ただしさに追われていても、夜になれば、昔と変わらない月の光が雑事の濁りを消し去ってくれる。いつも生活の傍らにある山も、月光を浴びて今は穏やかに自足している。ゆったりと過去を振り返り、過ぎてきた時間の感触を味わうのは、やはり春がふさわしい。〈むかし〉の平仮名も、茫漠と広がる時のつらなりに適う。作者自身の過去と山の過去が、春の月明りの下で溶けあうようだ。

踏み入りしことなき嶺も淑気かな

『山の影』所収。昭和57（一九八二）年作。〈踏み入りしこと〉ある嶺もなき嶺も、ということだろうか。知悉している山にも、顔なじみではあっても深くは知らない山にも、新年の清浄な気分が満ちている。とらえどころがない〈淑気〉そのものに形を与えたような一句。

金鳳華明日ゆく山は雲の中

『山の影』所収。昭和58（一九八三）年作。金鳳華の色彩の明るさが一句の隅々に及んでいる。雲に隠れて山の姿は見えないが、明日登る時はきっと晴れるだろう。未来に向かって開かれた心の弾みが伝わってくる。

月夜茸山の寝息の思はるる

『山の影』所収。昭和59（一九八四）年。月夜茸はブナなどの枯木に重なって発生し、暗所では青白く発光する毒茸。ぐっすり眠る山の寝息が聞こえてきそうな夜。眼前に光を発する月夜茸、かなたに闇深く身を沈めた山のかげ。〈寝息あり〉でも〈ありと思ふ〉でもなく〈思はるる〉と一歩引いた表現をしたことで、夜の静寂がより深く意識される。

闇よりも山大いなる晩夏かな

『遅速』所収。昭和60（一九八五）年。身近な山を思い切って単純化して捉えた。かつて『山の木』に

山々に闇充満し夏に入る　昭47

があったが、夏の終わりを迎えて、闇がその密度をいくらか減じ、代わって山が存在感を増してきたようだ。山と共に暮らす人の山への深い信頼が感じられる。

なにはともあれ山に雨山は春

『遅速』所収。昭和62（一九八七）年作。本格派の投手が超スローボールを投げたような意外性と、にもかかわらずしっかりした軌道を描いてキャッチャーミットに収まった確かさがある。山に雪ではなく雨が降る季節を迎えたくつろいだ気分が、耳に障る音のないなだらかな響きと、

ゆったりとしたリズムに乗せてうたわれる。同時に、〈山に雨〉〈山は春〉のリフレインと助詞の使い分けが、作者のコントロールの良さを示す。思いつきの奇手ではなく、対象を見定めたうえでの揺るぎない表現である。

眠り覚めたる悪相の山ひとつ

『遅速』所収。同年作。季語の〈山眠る〉を逆手に取ったが、それが一句の眼目ではない。山への親しみを裏返しに表現した〈悪相〉という人間くさい言葉が、効果的だ。自分の人相(?)を人間がどう思おうと、山にとってはあずかり知らないことだが、雪も解け、山の姿がはっきり認められるようになった季節の、弾むような気分が伝わってくる。

春の富士沸々と鬱麓より

『遅速』所収。平成2(一九九〇)年作。小林恭二『俳句という遊び』(岩波新書)は、この年の四月に、龍太、三橋敏雄など作風も出自も異なる俳人が集まって行った句会の記録だが、その中にこの句が登場する。小林氏は〈「春愁」というようなあわあわとしたものでなく、もっとはっきりとしたものがらみの形状を与えられた鬱情である〉と評し、高橋睦郎、安井浩司も〈名句〉

と賞賛する。春は生命に満ちあふれた季節だが、一方で、光に影が添うような暗さを伴う。春愁という季語がある所以だろうが、小林氏の指摘のとおり、この句の鬱は、春愁よりもさらに深く、生命に本質的に内在するほの暗いものに根ざしている。それが富士という巨大な無機物を押し包むように麓から湧き立つ。ア音が一つ、イ音が二つの他は、オ音とウ音で占められた陰にこもる響き。ことに〈ふつふつとうつ〉のもたもたと粘る調べ。字面の印象と相俟って読む者の感覚に食い込んでくる〈鬱〉である。

月

1

紺絣春月重く出でしかな

『百戸の谿』所収。昭和26（一九五一）年作。〈コン〉〈シュン〉〈オモク〉とやや内に籠もる音が連なり、〈ガ〉〈ゲ〉〈デ〉と濁音が耳を打つ聴覚の印象が、明るく乾いた〈かな〉によって反転する。切字〈かな〉は、文法的にいえば詠嘆の意味を表す終助詞だが、名詞に続く場合に比べて、活用語の連体形に付いた時は若干不安定な感じになるのは否めない。しかし、この句では、その不安定さが、一句に若さと勢いをもたらしているように思われる。

上ったばかりの、まだ黄色みを帯びている月の印象を、〈重く〉と捉えたものか。自解（『自選自解　飯田龍太句集』）では〈春の月〉について、〈山国の澄んだ夕景色の、特に早春の姿はまんざらではない。清潔な色気がある。あるいは母の乳房の重みといってもいい。したがって幼時を思い出す〉と書く。〈紺絣〉とともに幼年時代の記憶を核にした青春のみずみずしい感受が一句の眼目といえるだろう。

空若く燃え春月を迎へけり

『百戸の谿』所収。昭和27（一九五二）年作。こちらは、地上との対比ではなく、天上の景に絞って春月を描き出す。藍が深まる前の空を照らしながら春の満月が上るさまを、〈空若く燃え〉と捉えた。自然を前にして一歩も引かない若い作者の気魄が一句を貫く。

梅雨の月べつとりとある村の情

『百戸の谿』所収。同年作。その後の龍太作品から姿を消すなまなましい感情の表出に驚かされる。その作品から批判的風刺的な口ぶりが消えてしまうわけではないが、この句のような、自分の住む土地への生理的と言ってもいい嫌悪感が表現されることは絶えてなくなる。梅雨時の湿った大気のように、どんなに払ってもまつわりついてくる、善意や悪意。そうした人間関係の煩わしさを浄化するような澄んだ月の光が一句の救いとなっている。

曲の波良夜をさそひゐたらずや

『百戸の谿』所収。同年作。〈宮城道雄氏演奏会〉と前書きのある四句の内の一句。宮城道雄は、生田流の箏曲家、作曲家で、〈洋楽の形式に邦楽を融合させた新日本音楽を作曲〉(『広辞苑』)した。聴覚が捉えたものを視覚的に表現した句で、寄せては返す波のようにダイナミックな箏曲の調べに感応して、月明が誘い出される。まどかな月が隈なく世界を照らす良夜は楽曲と演奏者に対する最高の賛辞だろう。

満月に目をみひらいて花こぶし

『百戸の谿』所収。昭和28(一九五三)年作。目をみひらくのは〈花こぶし〉だが、それは、満月の大きさや美しさに心を打たれた作者自身の思いでもある。中天高くかかる月、辛夷の花、作者という位置関係を逆転させて、月の視点から辛夷を見返して花の表情を捉えたようなおもしろさがある。月もまた莞爾たる笑みを浮かべているに違いない。

月の道子の言葉掌に置くごとし

『童眸』所収。昭和30（一九五五）年作。秋の夜道を父と子が歩いている。子どもが盛んに話しかけ、父はその言葉に耳を傾ける。寄りそう大きな影と小さな影を濁りのない月の光が照らし出す。最も大事にしているもの、特に子どものたとえとして〈掌中の珠〉という言葉があるが、この句の父も、幼子の発する言葉のひとつひとつを大切に愛でている。〈月〉が秋の季語であることを思いあわせると、この句にみなぎる情愛がよりあわれ深いものに感じられる。

雪山を灼く月光に馬睡る

『童眸』所収。昭和32（一九五七）年作。〈灼く〉の一語が、冴え冴えと澄んだ月の光、浮かび上がる雪山の白さ、そして膚を刺す寒気を際立たせる。人を拒む自然の厳しさとは対照的に、睡る馬の健やかな寝息が生きものの温もりを伝える。

月光の休まず照らす雪解川

『麓の人』所収。昭和36（一九六一）年作。自解（同前）によれば、諏訪湖にそそぐ川の印象だという。必要最小限のものだけが配置された単純な構図のなかで、〈休まず〉が営々と続く自然のいとなみを的確に捉えている。

月光に泛べる骨のやさしさよ
月の夜はあまたの石に泪溜め

『麓の人』所収。昭和37（一九六二）年作。〈父死す〉の前書きがある十句の内の二句。〈月光〉の句について、作者自身は〈あきらかに失敗作〉と断じ、〈前書がなかったら到底理解されまい。あっても「骨」という一語が勝手過ぎる〉と自解（同前）に書く。その点は〈あまたの石に泪溜め〉も同様だろう。しかし、同時発表の

鳴く鳥の姿見えざる露の空

のように悲しみを深く沈潜させて普遍性を手にした句をなすためには、こうした手放しの感情の流露を通過する必要があった、とも言える。〈骨のやさしさ〉も〈あまたの石に泪溜め〉も作者にとってはかけがえのない真実であり、そういわずにはいられなかった作者の衝迫に嘘はない。

その純粋な悲しみを、〈月光〉〈月の夜〉がやさしく包み、癒している。

2

風吹いて月よみがへる梅雨の町

『忘音』所収。昭和40（一九六五）年作。〈札幌〉と前書きのある七句のうちの一句。いったん曇った月が、夜風が強まるとともにふたたび姿を現した。月明かりに浮かぶ町並みには自分のよく知る町とは違う表情がある。〈梅雨の町〉にかすかな旅情が漂う。北海道には梅雨はないと言われるが、ここは時候としての梅雨と考えればいいのだろう。

母逝きしのちの肌着の月明り

『忘音』所収。同年作。〈十月二十七日母死去（十句）〉のうちの一句。実際に肌着に月が射したというより、故人が身につけていたものの白さが月光のイメージを呼び寄せたか。優しくいたわるような月明りが、亡き母への思いを静かに照らしだすようだ。

同じ湯にしづみて寒の月明り

『忘音』所収。昭和41（一九六六）年作。自解（同前）には、その湯にいるのは〈母だが、ここで母というのは嫌いである。そういう事実をつきつけると、作品のモチーフに足踏みして、大事な感動がどこかへ消えてしまう。（……）一番大事なことは、沈んでからの湯のぬくみであり、裸身を照らす月の光だ。（……）ことにこの作品は、内容が故人への追想であるだけに、特に説明の部分を除きたかった〉とある。ここには、作者個人の私的な感慨の表白にとどまらず、より普遍的な次元へ一句を昇華させることをめざす龍太の姿勢が端的に述べられている。一句の表面から個人の刻印を消すことで、背後に秘めた思いはより深まる。読者それぞれが自分の経験や感性に従って読み取ることを許しながら、作者にとって最も大切なものに守った、そんな作品のようだ。〈同じ湯にしづみて〉に幽明の境を超えた心の交流がある。

水鳥の夢宙にある月明り

『忘音』所収。同年作。鴨だろうか、眠る水鳥たちを冬の月が照らし出す。飛びたつ日を思い、夢の中で、空高くはばたいているのだろうか。隈なく照らす月光が、無重力の世界をただようような浮遊感をもたらす。

斑雪野の月夜を水の流れくる

『忘音』所収。昭和42（一九六七）年作。美しい句である。そこここに雪が残る野に、たっぷりと水量をたたえた川が水音を響かせる。〈川〉ではない〈水〉が、流れくるものの量感、質感を感じさせる。切れのないなだらかな表現が、ひろびろとした原野の早春の景にふさわしい。

一語洩さず月明の葱畑

『春の道』所収。昭和44（一九六九）年作。月光に浮かび上がる葱畑のほとりを二人の人物が歩いて行く。一言も交わさない両人の間にあるのは、緊張か親愛か。冬の寒気と月の明るさといずれに重きを置いて読み取るかによっても、印象は微妙に変わってくる。

月明の雪すこしある隣家の木

『山の木』所収。昭和47（一九七二）年作。淡々と景を描写しながら、ひとつひとつの言葉が分かちがたく組み合わされて忘れがたい印象を残す。隣家への親疎いずれともいえない淡い関心が〈雪すこしある〉に重なる。真冬の寒気より早春のかすかな温みを感じさせる一句。

栂を出てあそぶ良夜の白蛾あり

『山の木』所収。同年作。栂はマツ科の常緑高木で、中部以南の山地に自生し、高さ三十メートルにも及ぶという。

大原や蝶の出て舞ふ朧月　丈草

が春の夜のかすみの中に生じた幻想とするなら、こちらは、澄んだ秋の夜の景を、幻影となる手前で明快に切り取った。樹の精のように虚空を舞う白蛾の翅がまぶしい。

黒猫の子のぞろぞろと月夜かな

『山の木』所収。昭和48（一九七三）年作。蛇笏に

ゆく春の蟹ぞろ〳〵と子をつれぬ　（『霊芝』）

があるが、この句も先頭は真っ黒な親猫だろうか。しかし主役は後ろに続く子猫たちだ。愛らしく、ユーモラスで、少し不気味な彼らに月も微笑むようだ。〈くろねこのこのぞろぞろと〉と、こもるようなオ音がつらなる上五中七の陰から、明るい響きの〈つきよかな〉への転換が鮮やかだ。

月の夜は好きか嫌ひかなめくぢり

『山の木』所収。同年作。そう問われても蛞蝓から答えが返ってくるわけでもない。ぬらりとして前も後ろもよくわからないとらえどころのない姿に、そんな疑問が湧いたものか。蛞蝓に感じたことを見たものにした、そんな一句といえる。

山椒魚の水に鬱金の月夜かな

『山の木』所収。同年作。身体を半分に裂いても命を保つという俗説があるサンショウウオは、夜行性の両生類。鬱金は鬱金草の根茎で染めた鮮やかな黄色。山椒魚というといやでも井伏鱒二の作品が思い浮かぶが、その全世界である水が、月光を反射して鬱金の色に輝く。水のゆらめきは、山椒魚が身じろぐせいか。鬱と金、月と夜、明暗を組み合わせた語を重ねることで作り出される、陰と陽がからみあった世界は、山椒魚の棲み処にふさわしい。

3

露深しこぼと月夜の真鯉浮き

『山の木』所収。昭和48（一九七三）年作。〈こぼ〉の擬音が一句に現実感をもたらしていて、勢いよく水をかき分けて現れた鯉の、丸く口を開けた顔が目に浮かぶ。ひんやりとした露の珠の質感と、水面に生まれる柔らかいさざなみ。その中心に黒い鯉。澄んだ月明りのもとで人間の気づかない小さなドラマが始まる。

枯山の月今昔を照らしゐる

『山の木』所収。昭和49（一九七四）年作。月明りはしばしば、時間に対する思いを誘い出す。昔も今も月が山を照らす、と解することもできなくはないが、一句の表現をそのまま受け止めれば、今と昔を同時に照らしている、ととれる。時は過ぎ去るのではなく、堆積しているのだ。木々が枯れ、水が涸れ、様々なものの姿が露わになる季節。山の自然、そこに住む人と生きもの、その移り変わりを封じ込めて積み重なった時間の層を冬の月が照らし出す。

どの家も鼠恋する月夜にて

『山の木』所収。同年作。鼠には嫌われ者のイメージがある一方で、童話やアニメの主人公に起用されるような、親しみ深い面もある。この句の鼠も、現実の鼠というより、民話に登場するような素朴で気のいい鼠のようだ。月明りに照らし出された家々のそれぞれから鼠の恋人（？）たちの睦言が聞こえてくる。

冬に入る水に夜毎の月明り

『山の木』所収。昭和50（一九七五）年作。冬に入ってゆく時の流れに沿うように、日々澄みと鋭さを増す月光。水面に映る月の形、明るさ、差し始める時刻も、日々変わってゆく。静かで揺るぎない季節の歩みが簡素な構図のなかに定着された。

雪解風旧軍港も月夜にて

『今昔』所収。昭和55（一九八〇）年作。旧軍港市転換法という法律があって、その第一条には、〈この法律は、旧軍港市（横須賀市、呉市、佐世保市及び舞鶴市をいう。以下同じ。）を平和産業港湾都市に転換することにより、平和日本実現の理想達成に寄与することを目的とする〉とある。この句の〈軍港〉がどこを指すか、また〈平和産業都市〉への〈転換〉が実現しているかどうかはともかく、戦禍の記憶と現在の平和との対比が作者の意識にはあるだろう。烈しさのなかに春を告げる風が吹き渡る港の月夜。穏やかな月の光が過去も現在も悲劇の記憶も包み込む。

良夜かな赤子の寝息麩のごとく

『今昔』所収。同年作。満ち足りた平和な情景だ。〈良夜かな〉と大胆に上五に置いて、秋の夜の広大な空間をまず描き、赤ん坊の寝息へと収斂する。やわらかく健康な寝息をたててぐっすり眠る赤ん坊を、曇りのない空に満ちわたる月光が抱くかのように。

夕月の色の香を出す青胡瓜

『山の影』所収。昭和56（一九八一）年作。複数の感覚を混在させる手法は、龍太がしばしば用いるものだが、この句でも視覚と嗅覚が巧みに綯い合わされている。望に間のある若い月の色のみずみずしさが青胡瓜の香とまじりあう。

朧月露国遠しと思ふとき

『山の影』所収。ソ連崩壊前の昭和58（一九八三）年作。とするとこの〈遠し〉は、距離的あるいは心理的な遠さだけでなく、時間的な遠さも含むだろうか。

返り花阿蘭陀遠きゆゑ静か　昭55（『今昔』）

の〈阿蘭陀〉が現在のオランダというより、鎖国時代の阿蘭陀であるように。ロシアではなく露西亜と呼ばれた頃の、たとえばドストエフスキーやチェーホフといった名前と深く結びついた国の遠さを思うには、冬の月でなく、春の朧月がふさわしい。

月 の 夜 の 海 な き 国 を 柳 絮 と ぶ

『山の影』所収。昭和59（一九八四）年作。〈山国〉などではなく〈海なき国〉ということで、読者の頭の中には、大地のかなたに確かに存在する海が見えてくる。どれほど風に乗って飛んで行ってもこの柳絮が海に出会うことはないだろう。しかし、月は、山なみのはるかにあがる白波を照らしているに違いない。

満 月 に 浮 か れ 出 で し は 山 ざ く ら

『遅速』所収。昭和60（一九八五）年作。満開の山桜と満月。みなぎるものの力と力が感応して桜の精がさまよい出てきたかのようだ。ソメイヨシノなどにはない野生の血が騒ぐのだろうか。〈浮かれ出でたる山ざくら〉では、対象との間に距離が生じる。一方、〈浮かれ出でしは〉には、作者自ら山桜になりかわって名乗り出たような趣がある。〈山ザクラは大好きである〉（「山の湯」）

と書く作者の山桜への想いがこもった一句だろう。

朧夜の死体置場といふところ

『遅速』所収。同年作。〈霊安室〉や〈遺体安置所〉であれば、より具体的によりなまなましくなる。〈死体置場〉は、表現こそ即物的だが、具体的な像を結びにくい。そう考えると、これは眼前の景ではなく、朧夜が誘い出す死の想念に形を与えたものと考えられる。〈といふところ〉という遠回しの表現もその印象を強める。今は命溢れる季節。しかし、死はどこかで口を開けて待っているのだ。

夢

克明に深山の夢夏がすり

『麓の人』所収。昭和34（一九五九）年作。夢を見ない人間はいない（だろう）。しかし、その性質上、夢は客観写生の対象とはならない。きわめて身近でありながら、俳句の素材としては、たいへん扱いにくい。

夢を詠んだ句は少なくないが、多くは、睡眠中に見る夢であったり願望であったり、作者の心のありようや潜在意識の反映として読み取ることができる。あるいは読者がそのように解釈することを想定して詠まれる。

夢に舞ふ能美しや冬籠　松本たかし

初夢に見し踊子をつつしめり　森　澄雄

一方、龍太の句の夢は精神分析や夢判断の材料とはなりそうにない。龍太俳句の夢は、その曖昧さや自在さを逆手にとって、感じたものを見たものにする、詩的装置ともいうべきものとして働いている。眠りの中での経験の再現ではなく、〈夢〉の一語が異次元への回路となって、読者を現実とは違う世界へといざなう。大げさにいえば、夢を詠むことで俳句表現に新しい地平を開いたといえる。

〈深山〉の句でも、実際にその夢を見たかどうかは問題ではない。眼前の景でも回想でもない、いわば現実の続きに出現した別の世の景として、〈深山〉が提示される。克明に見えていながら手応えのない感覚と、〈夏がすり〉の肌触りとの対比。眠りという手続きの有無を問わず自在に出入りできる異界、それが龍太俳句の〈夢〉であると思われる。

露の子のひとりは夢の中をゆく

『麓の人』所収。昭和38（一九六三）年作。〈腰部激痛のため二ヶ月余小沢外科に入院（十句）〉と前書きのある一連の中の一句。夢のなかをゆくひとりは、『童眸』で

露の土踏んで脚透くおもひあり　昭31（『童眸』）

と詠まれた次女だろうか。

〈露〉は、古来はかないものの象徴とされてきた。しかし、この〈露の子〉にはそれだけにとどまらない生命の息づきがある。眼を離せば手からこぼれ落ちてしまう危うさと、それゆえに放つ輝き。龍太俳句にあって〈露〉はしばしば、いとおしみ愛でるべき存在を指す美称となる。

飯田龍太の作品世界では、夢と現実は対立しない。両者は容易に入れ替わり、作者もまた双方を自由に行き来する。夢だけではない。時には、死者が生者の前を横切り、過去と現在が同時に現前し、この世とかの世の境が消え失せる。

冬耕の兄がうしろの山通る　昭41（『忘音』）

枯山の月今昔を照らしゐる　昭49（『山の木』）

柚の花はいづれの世の香ともわかず　昭53（『今昔』）

〈夢の中をゆく〉子どももまた、作者の傍らに親しく寄り添っている。

母の手に墓参の花を移す夢

『忘音』所収。昭和41（一九六六）年作。前年十月に亡くなった母への供花を直接手渡すという、夢の中でしか実現できない行為が美しく描かれる。切れのない、散文の一節ともまがう語調は、現世に残された者の虚脱と、死者への限りないなつかしさを感じさせる。十数年後には、こんな句が詠まれる。

草青む方へ亡き母亡き子連れ　昭53（『今昔』）

冬深し手に乗る禽の夢を見て

『山の木』所収。昭和46（一九七一）年作。〈禽〉の字面は、例えば文鳥やカナリアやインコではなく、鷹や鳶といった容易に人に馴れない野生の鳥を思わせる。そうした鳥を手に乗せるのも、夢のなかでのみ可能な行為だろう。〈冬深し〉の断定を受けて、一句は、厳しく荒々しい自然の息吹をまとう。

源流を夢みてねむる蛍の夜

『山の木』所収。昭和47（一九七二）年作。さっき見た蛍火の残像がまなうらに残る。その余韻に浸りつつ見た夢に現れた源流のイメージ。闇に、蛍の記憶と源流の映像がたゆたいながら交錯する。とらえどころのない浮遊する世界が、言葉の力によって一句に結晶した。

野兎の夢のうちそと春の滝

『山の木』所収。昭48（一九七三）年作。山野に生きる小動物たちはどんな夢を見るのだろうか。飢えの恐怖を忘れ、他の獣におびえる必要のない、安らぎのひととき。雪解け水を加えて勢いよく落ちる春の滝の音が、今は彼らの眠りを優しく包むようだ。

新緑の風吹きかはる夢のなか

『山の木』所収。同年作。句集では説明が省かれているが、紀行文「伊予路の旅」（発表時のタイトルは「伊予路・俳句の旅」）の中に収められている。今治城址や西条市の陣屋址について書かれた文章との距離感が絶妙だが、一句は、そうした事実とは無関係に自立している。現実のことであってもおかしくない明快な情景をあえて〈夢のなか〉として表現することで、一句は紗を通して眺めたような間接性を帯びる。その結果、〈風吹きかはる〉という繊細な感受に、事実の再現にとどまらない奥行きが生まれた。

初夢の濤のとどまるところなし

『山の影』所収。昭和57（一九八二）年作。〈濤〉とあるからには、川波などではなく、大海原を進むうねりを考えたい。やすらうことも退くこともなく、どこに到り着くかも知らず、青い世界をひたすら波が進む。それを人生の暗喩ととれば安易に過ぎるだろうか。しかし、年頭の夢として描かれた景に、何らかの感慨もしくは覚悟を読み取ってもあながち的外れではないように思われる。

風

1

海も山も国境も越え、遠く来て遠く去ってゆくもの。一方で、その土地固有の姿と呼び名を持つもの。風土に根ざしつつ、風土を超えた普遍をも視野に収めていた龍太の姿勢を体現するのが風だった、という気がする。

春いまは野にたつ風も身に添へり

『百戸の谿』所収。昭和27（一九五二）年。〈春いまは〉の限定の背後には〈冬とは違って〉という含意がある。野を歩けば、厳しく肌をさす冬の寒気とは異なる優しい風に包まれる。新たな季節に入った静かな喜びが〈身に添〉うに表された。

風は境界を軽々と越えていく。人為的に引かれた国境線も、人の往き来を阻む自然の地形も、そして意識と無意識の境も越えて、風は、生きものに人の心に働きかける。時に生命や魂の隠喩でもある風について、ライアル・ワトソンは〈不可解ながらも否定できない存在――風のこの二重性こそが人間の精神活動を誘発したのである。（……）われわれは風の子供である。風の才覚によって種蒔かれ、水を与えられ、はぐくまれてきた〉（『風の博物誌』木幡和枝訳）と書いている。
飯田龍太の作品に繰り返し登場する風も、景に動きと生命を与え、一句に自由をもたらしているようだ。

満月の樹下ことごとく風孕む

『童眸』所収。昭和30（一九五五）年作。満月に照らされた木々が風に揺れる。風は真っ直ぐ通り過ぎるのではなく、一樹一樹の下にたむろするように渦巻く。実を超えた虚の景を、〈まんげつ〉〈じゅか〉〈ことごとく〉〈かぜ〉の濁音の響きが引き締める。

春風のゆくへにも目をしばたたく

『童眸』所収。昭和31（一九五六）年作。〈I先生芸術院賞受賞〉の前書きがある。この年に『漂民宇三郎』によって芸術院賞を受賞した井伏鱒二への控えめな祝意の表現である。イニシャルにしたのは、晴れがましさを好まない井伏氏への配慮だろうか。涙をこらえつつ〈春風のゆくへ〉

に目を遊ばせた視線の先には、井伏氏の温顔が見えていたか。

春風に飛ばしてならぬ子とタバコ

『童眸』所収。昭和32（一九五七）年作。自解（『自選自解　飯田龍太句集』）には〈東南に山を背負っているため、一月、二月頃までは殆ど風が吹かぬ。（……）三月の半ばに入って、風が北から東へ廻ると、途端に吹き上げてくる〉とある。桑原の中の林道を通り、鶸や山鳩を〈子の手を曳きながらぼんやり眺めていると、なま暖かい烈風がいきなり吹きつけて袖をあおった〉。次元の違う子どもとタバコを同列に扱う諧謔。一瞬の驚きから我に返った作者の苦笑いにも、春を迎えた安堵がこもる。

泉飲む仔馬に風の茨垂れ

『童眸』所収。同年作。廣瀬直人は、この作品について、〈明快な風景に託された優しい叙情の世界〉と評し、〈茨の花のひそかな白さに焦点が絞られたのは作者独自の感性の世界である〉（『飯田龍太の俳句』）と指摘する。印象派の絵のように鮮明な景が、〈風〉によって、静止画から動きのある映像に変わる。静かに茨を揺らすそよ風が、一心に水を飲む仔馬をも撫でるように過ぎてゆく。

春風のゆく青空に子の名置く

『童眸』所収。昭和33（一九五八）年作。次男恵二誕生の折の作品。

胎児やすらか赤く重たく冬日浮き

分娩室常の目覚めの雪嶺浮き

の間に置かれた一句は、散文的ななだらかな表現に、予定日より早く生まれた子の無事をかみしめる喜びがのぞく。手放しに明るい〈春風〉と〈青空〉に対して、〈子の名置く〉としたところに父としての決意が示される。

ひとびとの上の秋風骨しづか

『麓の人』所収。昭和37（一九六二）年作。〈十月三日・父死す〉と前書きのある十句のうちの七句目。前書きを念頭に鑑賞すべき作品だが、中天をひややかに吹きすぎてゆく秋風と〈骨〉の対比が悲しみを深める。

秋の船風吹く港出てゆけり

『麓の人』所収。昭和39（一九六四）年作。〈秋の船〉は季語の用法として強引といえなくもないが、〈春の船〉〈夏の船〉のような無理は感じられない。自解（同前）によれば、山下公園での所見で、句会では点が入らなかったが、〈いまなお愛着がある〉作品だという。誰もが一度は見たことがある情景であり、その意味では平凡な句として見過ごされたのもうなずける。しかし、風吹く港と船の一見単純な構図の向こうに広がる秋の海の深い藍は、心に沁みて忘れがたい。

葛の風三たび夜明けの眼をひらく

『麓の人』所収。同年作。浅い眠りの夢を覚ますように、葛の葉をざわめかせて明け方の風が吹きすぎる。眼をあけては再び短い眠りに落ちることを繰り返す、その脳裡に、ただ広がる真葛原。

2

亡き母の草履いちにち秋の風

『忘音』所収。昭和40（一九六五）年作。〈十月二十七日母死去〉と前書きのある十句の四句目。まだ気持ちの整理もつかないある日、母の草履が仕舞われずに置かれているのに気づく。冷ややかに肌を刺す晩秋の風のなか、それを履く母の姿が残像のように浮かぶ。平仮名で書かれた〈いちにち〉の表記と、〈草履〉から〈いちにち〉〈秋の風〉へ切れるとも続くともつかないまま流れてゆくリズムが、大きな感情の波が引いたあとの虚脱と放心を示す。

どの子にも涼しく風の吹く日かな

『忘音』所収。昭和41（一九六六）年作。暑さをものともせず遊ぶ子どもたちを祝福するかのように、ふっと涼しい風が吹き渡る。廣瀬直人は、この句に水遊びをする子どもたちを見て、〈眼前のいかにも元気そうに日焼けした子供たちの姿〉に作者自身の〈少年時をダブラせて見てはいないだろうか〉と書き、〈俳人飯田龍太の詩心を支える原風景に思える〉とする（『飯田龍太の俳句』）。廣瀬氏が作者の少年時に思いを馳せたように、眼前の景を超えて、作品は、過去未来すべての子どもたちを包み込む。日本中世界中の子どもたち、さらには、別の世の子どもたちも含め、そのすべてを慈しむように吹く涼風。そのように子どもたちがみな幸せであってほしいという祈りが、一句の根底にはある。漠然と涼しい風が吹くというのではなく、「吹く日」と限定したことで、一句の輪郭が明確になった。

雪の上を夜更けて通る山の風

『忘音』所収。昭和42（一九六七）年作。降り続いた雪も止んだ深夜、積もった雪の上を渡る山の風。句の表面から暗示や象徴、思い入れなどを一切消し去り、事実だけを簡明に配置した。無欲だが、無味乾燥ではない。読者は、一句の裏の意味を探ることもなく、風の音に耳を傾け、作者とともに静かな夜の豊かな情感にひたればいい。

大空に風すこしあるうめもどき

『忘音』所収。同年作。晴れわたった空に浮かぶひとひらの雲。そのかすかな動きが、上空に風があることを示す。〈すこし風ある〉では、ひっかかりのないリズムに風の印象が紛れてしまう。一語一語を刻むような〈風すこしある〉とすることで、〈風〉の質感が表現される。澄み渡る秋空の下、地上では、うめもどきの紅が鮮やかだ。

雪の夜風白刃抜いては収めては

『春の道』所収。昭和44（一九六九）年作。次から次へと舞う雪片をあおるように夜の疾風が吹き抜ける。〈白刃〉は、風の強さ激しさの比喩であると一応言えるだろうが、単なる見立てにとどまらない迫力がある。あたかも白刃が宙を裂くように鋭く響く風の音。高まっては静まる冴え冴えとした風を、視覚、聴覚そして皮膚感覚に訴える〈白刃〉が現前させる。六音の字余りで始まり、三音・四音・五音とたたみかけるリズムが、作品に緊張感をみなぎらせる。

吹き降りの煙草屋を出る秋祭

『春の道』所収。同年作。〈出る〉ということは、吹き降りをついて煙草屋まで行ったことになる。愛煙家らしい行動だが、これだけではなんということもない日常生活の一コマともいえる。しかしそれが秋祭の日となると、印象が変わる。根拠はないけれど、こうした際にも普段の習慣を貫く姿からは、どこか傍観者的な立ち位置が見えてくるようにも思える。淡々とした描写の裏に、意外に深い心理の襞が隠れているようだ。

風の彼方直視十里の寒暮あり

『春の道』所収。昭和45（一九七〇）年作。六音でゆったりと始まる冒頭から、いずれも引き締まった響きを持つ三つの漢語を連ねた中七下五のきびきびした調子へ一気になだれこむ。寒風の彼方に沈む直前の太陽が輝く。大気は刻々と冷え、刻々と澄む。事実の客観的な描写というより、作者が直感的に把握したものを、視覚と聴覚に変換した句といえる。対象と真正面から対峙する姿勢が摑み取った自然の果実である。

青竹に何の白旗夕野分

『春の道』所収。同年作。井上靖の「落魄」と題する短い散文詩を思い出す。

しっぽに旗を立てて故里に帰った。
故里は白い砂塵の中に昏れかけていた。

短さと〈旗〉と日暮の他はとりたてて共通点を持たないふたつの作品を、無理を承知で敢えて読み比べれば、自ずと俳句の特性といったものが浮かび上がるように思われる。

「落魄」は、〈尻尾を巻く〉や〈白旗を掲げる〉といった慣用句のイメージを生かしつつ、その背後に人生の重みと物語の手触りを感じさせる。一方、青竹に結ばれた白旗には何の寓意もない。散歩の途次にたまたま見かけた景をそのまま叙した、と見える。何のための白旗か、という疑問も心の表面をかすめただけに過ぎない。しかし、その景が〈夕野分〉という季語を得ると、化学変化を起こし、翻る白旗に陰翳が生まれる。人間の物語の代わりに物と物が作る物語が動き出す。

3

返り花風吹くたびに夕日澄み

『山の木』所収。昭和46（一九七一）年作。穏やかな初冬の一日が暮れようとしている。季節を違えて咲いた花に吹く風も次第に冷たさを増し、かなたの夕日も澄みを加える。ほかにも返り咲く花はあるけれど、ここは、枝をとおして向こうに落日が見える桜を思いたい。下五まで読み下したあとで冒頭に返ると、刻々と稜線に近づく夕日を受け、返り花がいちだんとかがやいて胸に迫る。

網打ってひと溯る秋の風

『山の木』所収。同年作。「天竜峡遊行」と前書きがある。前掲の『飯田龍太の俳句』によれば、これは、この年の九月に開催された吟行会をさす。廣瀬氏は〈川面をわたる秋の風に吹かれながら、折柄一人の男が投網を打ちながらだんだん上流に向かって小さくなっていく〉と鑑賞し、この〈ひと〉に、龍太の随筆「鉄砲水」（昭和42年）に描かれた〈飯田支社の熊谷継人さん〉を見る。〈天龍川の鉄砲水で亡くなった〈在りし日の熊谷さんの姿を重ねている作者の眼を鮮やかに思い浮かべるのである〉。「鉄砲水」には、ヤマメ釣りにとって、〈稚魚を獲りつくしてしまう〉〈投網打ちぐらい厭なものはない〉にもかかわらず、ヤマメ釣りの名人である〈継人さん〉が投網を打つのを〈意外に感じた〉とある。その記述のあとに、〈継人さん〉に教えてもらった秘密の方法を試みて大ヤマメを釣り上げたことを報告しようとした矢先に訃報に接したことが記される。廣瀬氏は〈鑑賞過剰〉を危惧するが、こうしたいきさつを考え合わせれば、その指摘は納得できる。一句は、漁法への好悪は措いて、投網打つひとの動作を客観的に描写する。〈秋の風〉に託されたのは、天竜川を溯りつつ消えていった釣り師に対する鎮魂の思いだろうか。

抱卵の瞳《め》やいんいんと松の風

『山の木』所収。昭和47（一九七二）年作。〈いんいん〉には〈陰陰〉〈隠隠〉もあるが、ここは〈音のとどろくさま〉の〈殷殷〉だろう。〈一月の瀧いんいんと白馬飼ふ〉のように。松林を吹きすぎる風がすさまじい音を響かせるなか、巣にあってひたすら卵を温める鳥がいる。雛が孵るまでさまざまな自然の試練に耐える鳥のまなざし。生きものの悲しみを湛えたその目を作者の心眼が感じ取った。

斑雪山疾風猿のごとく過ぐ

『山の木』所収。同年作。突風が、まだ雪が残る山の木々を鳴らして吹き抜ける。この〈ましら〉に刻まれたイメージには、ニホンザルのような小柄な生きものにはない、怪物めいた不気味な印象がある。冬の山中を我が物顔に歩き回っていた何物かが風に姿を変えて去っていったかのように。

秋の風釘の一束手渡すとき

『山の木』所収。昭和48（一九七三）年作。釘の束の、重み、冷ややかな感触、鈍い光、金属の触れあうかすかな音。手から手へ渡される一束の釘に、季節の一瞬の感受を託した。〈手〉の一文字によって生まれる下五の字余りと細かく刻まれたリズムが〈秋の風〉と響き合う。

花いろのあけくれはやむ山の風

『山の木』所収。昭和49（一九七四）年作。山桜だろうか、花がつぼみ、開花を迎え、満開となる。〈あけくれ〉は、夜明けと日暮れの単なる繰り返しではない。そこには日々の暮らし、人の営みが投影されている。日を追って濃くなる桜の色に従うように、人もその他の生きものも日々活動的になる。夜明けが早まるのに歩を合わせ、なすべきことが増え、一日一日が素早く過ぎる。

吹き下ろす山風も、季節特有の柔らかさをまといはじめる。

遠くまで諸葉のそよぐ夏景色

『山の木』所収。同年作。〈七月一日細田医院開業〉の前書きがある。遥かまで視界の開けた夏の景色の中、遠近の樹をそよがせて風が渡る。さざめく葉の一枚一枚が、眩しい日ざしにくっきりと浮かぶ。明るく涼やかな景に祝福と前途への期待が託される。

山々を出でて漂ふ秋の風

『山の木』所収。同年作。山へ帰ってゆく風もあれば、山を出て漂う風もある。秋になると、風は普段拠る山を離れて、さまよいはじめるらしい。どこか頼りなく寄る辺ない初秋の風に作者の心が寄り添う。

少女には読めぬ寺の名春の風

『涼夜』所収。昭和50（一九七五）年作。山門に掲げられた寺号を前に少女が首をかしげている。

持っている漢字の知識を総動員しても寺以外は知らない字ばかり。彼岸や盆に墓参りに訪れる人を見かけるくらいのつつましやかで親しみ深い寺。そんな寺に佇む少女のうしろを春風がやさしく吹きすぎる。

生卵のんで六腑に春の風

『涼夜』所収。昭和52（一九七七）年作。六腑は、大腸、小腸、胃などの総称。古風な呼び名だが、よそよそしい臓器の名より、たしかに自分の体内にあるものという感じがする。つるりと喉を落ちる〈生卵〉の滋養と生命力が、冬を経た内臓にしずかに浸透してゆくようだ。

4

金鳳花風吹くたびに黄を加へ

『今昔』所収。昭和53（一九七八）年作。春の野を彩る金鳳花が風に乱れる。風の強さが増すたびに黄色がより濃く、より多くなるようだ。直感がとらえた金鳳花の本質を、目に見えるものとして表現した。

とほい木のそよぎ見てゐし半夏生

『今昔』所収。昭和54（一九七九）年作。梅雨も終わり近いことを感じさせるよく晴れた日、見はるかす彼方で大木がそよぐ。〈とほい〉が口語、〈見てゐし〉が文語だが、話し言葉と書き言葉を無理につなげた違和感はない。口語のやわらかい語感が、樹木がしなやかに揺れるさまに適う。〈見てゐし〉からは、木を眺めている時間の経過が読み取れる。そこに透けて見えるのは、安らぎだろうか放心だろうか。

一月の風吹いてゐる河馬の顔

『今昔』所収。昭和56（一九八一）年作。動物園の情景だろう。穏やかな日ざしをともなった風が、コンクリートの地べたを踏まえる河馬の顔を吹き渡る。実際の生態はさておき、大きな身体と大きな顔を持つ草食動物で、水の中で長い時間を過ごす、といったごく一般的なイメージが、河馬を親しみ深く、どこかペーソスの漂う生きものにしている。遠い祖先からアフリカの大地で育まれてきた身に異国の寒さはこたえるに違いないが、その心のうちは、穏やかに見える表情からはうかがい知れない。不条理な運命に耐えるともなく耐えている姿が、〈風吹いてゐる〉のなだらかな調べに暗示される。

麦南永久に去る鎌倉を秋の風

『山の影』所収。同年作。〈麦南仏〉と前書きのある九句の掉尾に置かれる。西島麦南は、蛇笏の高弟であり、龍太の第一句集『百戸の谿』にも解説を寄せている。〈岩波書店に永年勤め、〝校正の神様〟と呼ばれた西島麦南さんが去る十月（昭和五十六年）十一日のおひる過ぎ、鎌倉由比ヶ浜の自宅で亡くなった〉の一文を冒頭に置く「西島麦南さんのこと」（『山居四望』所収）で龍太は、〈うちに、烈々たる激情を秘〉める〈リベラリストで真の理想主義者、平和主義者であった麦南さん〉と蛇笏龍太二代にわたる交誼を語る。「麦南仏」一連は、

なつかしや秋の仏は髯のまま

に始まり、

秋天に死を目守りゐる師の眼あり

秋真昼棺三尺宙に浮く

などを経て、掲句に到る。〈眠るような静かな大往生〉（「西島麦南さんのこと」）であったとしても、遺された者の思いはまた別だろう。一句の破調も作者の無念を示すようだ。そこここに故人の記憶を宿す、古都であり、文人の町でもある鎌倉を秋の風が吹きすぎる。

さまざまの風吹く秋の水馬

『山の影』所収。昭和57（一九八二）年作。他の季節に比べ、秋の風はより多彩な表情を見せる。風が描き出す波紋もまた。自分の季節を過ぎてなおさざなみに遊ぶ水馬もそれを愉しんでいるようだ。

敵さだかに見ゆ寒風の落暉また

『山の影』所収。昭和58（一九八三）年作。皮膚を切り裂く寒風の彼方、くっきりとした輪郭を保ったまま落日が山の端に近づく。寒暮の光のなかに姿を現す〈敵〉とは、特定の人物や団体を指すのではないだろう。強いて言えば、作者自身の内にある何物かではないか。克服するべき何かを意識しつつ己を鼓舞する一句、そんな気がする。

秋風や連れだつ友の月日また

『山の影』所収。同年作。「熱海双柿舎」九句の劈頭に置かれる。続く

それぞれの世過ぎを忘れ返り花

亡き父の旧師の旧居秋の昼

にもその折の感慨は表れているが、坪内逍遙が大正9年から亡くなる昭和10年までを過ごした双柿舎を旧友とともに訪れた作者の思いはおのずと過去へ向かう。友と自分が今日まで重ねてきた歳月、そして父蛇笏やその師逍遙が過ごしてきた歳月。時に交わり、時に離れ、それぞれが積み重ねてきた時間が〈双柿舎〉で出会う。晩秋の静かな風が、交錯する時間の堆積を包み込む。

風吹いて身のうち濁る春夕べ

『遅速』所収。昭和63（一九八八）年作。暮れ遅いある日、晩春の生暖かい風に心身の底に沈む澱がかき立てられ、けだるさが全身を浸す。季節の移りゆきが呼び起こす心身の変調を繊細に捉えた。

大木の風はたと止み夜の秋

『遅速』所収。平成元（一九八九）年作。夏も終わり近い夜、枝を広げた大木の茂りを鳴らしていた風がふと止んだ。意識することもなく聞いていた葉騒が途絶え、耳に痛いほどの静寂が残される。無音のむこうには、たしかに近づく秋の気配。

涼風の一塊として男来る

『遅速』所収。平成2（一九九〇）年作。夏の日ざしの中を、輪郭きわやかに男が歩いてくる。しなやかな〈涼風〉と硬い〈一塊〉の一見矛盾する結合が、男の精神の颯爽としたありようを印象づける。具体的な人物の描写というより作者の心に息づく理想として読むべきだろうか。

川

1

萌えつきし多摩ほとりなる暮春かな

昭和51（一九七六）年に刊行された『定本　百戸の谿』に「昭和二十年以前」として新たに収められたうちの一句で、その冒頭に置かれている。昭和17（一九四二）年に作られたこの句は、句集に収められたなかでは最も初期の作品ということになる。『自選自解　飯田龍太句集』には、

〈甲州から中央線で東京に入る手前、あの広々とした多摩川のほとりにかかると、何となくいい気分になった〉とあり、〈山峡からやっとぬけ出たという解放感をおぼえるのだろう〉とその理由が記されている。上五から中七にかけてののびやかなリズムが描き出す明るく広がりのある風景を、下五に据えられた〈暮春かな〉の漢語と切字のきっぱりとした断定が受け止め、一句全体を支える。も、ほ、と、ぼ、というオ音の連なりが醸し出すかすかな倦怠感をともないつつ、若々しい感性が生動する。

巌を打つてたばしる水に萼咲けり

同じく『定本　百戸の谿』「昭和二十年以前」所収。〈たばしる〉は、〈激しい勢いで飛び散る、ほとばしる〉。自然に真正面から向き合い、一歩も退かない気魄に溢れた一句である。上五の字余りで助走をつけ、中七下五へ一気に読み下す。表現の勢いがそのまま水の勢いに重なる。ば、ず、が、の濁音が水のしぶきのように一句にアクセントをつけ、い、し、み、に、り、のイ音が水の冷たさを暗示するように全体を引き締める。

鶏鳶るべく冬川に出でにけり

『百戸の谿』所収。昭和24（一九四九）年作。自解（同前）には〈屠った鶏を提げて〉行くと、〈冷たい川風が全身を包む。毟った鶏の羽毛が風に乗り、ふわっと水に浮く〉とあって、作業の細かい説明はない。日々の暮らしの一場面でもあるその作業を、必要以上に重く捉える必要はないだろうが、これから毟らなければならない死んだ生きものの重さには無感覚になれないはずだ。水量の減った冬川の岸という場、そして切れのない平坦な語調は、出口のない心情の反映と読んでも差し支えないように思われる。

夏川のこゑともならず夕迫る

『百戸の谿』所収。昭和27（一九五二）年作。〈こゑ〉の表記は、定本版では漢字から平仮名に改められており、ここではそれに従いたい。きびしい暑さも少しおさまり、川にも夕闇がたちこめてくる。一日の終わりのけだるさを湛えて、水も静まりかえっている。〈声〉から変更された〈こゑ〉には、鼓膜がとらえる水音にとどまらない川の気配への感覚が働いている。〈なし〉の断定ではなく、〈ともならず〉というやや持って回った表現に、作者の心のたゆたいが窺えるようだ。

梅雨の川こころ置くべき場とてなし

『百戸の谿』所収。同年作。自解（同前）には家の裏にあった養魚池に触れて〈雨の日の養魚池〉の〈澄んだ水面の雨滴を見ていると心が滅入る〉、そこを数歩離れた狐川も〈水量を増して、なにか頼《よ》りどころのない感じである〉とある。これを青春の鬱屈といってしまえば鑑賞の過剰になってしまうだろうか。しかし、

梅雨の月べつとりとある村の情

露の村にくみて濁りなかりけり

などに通じる感情をここから読み取ることは無理ではないだろう。〈こころ置くべき場とてなし〉には、梅雨の川によって触発された思いにとどまらない、心の深い部分から湧き出した吐息のようなものが感じられる。

鰯雲日かげは水の音迅く

『百戸の谿』所収。同年作。自解（同前）では、大井雅人の〈空の明るさ、陽のぬくみとは別に〉、〈日陰にすでに生まれている「寒気」のようなものを、作者はいちはやく感じとっている〉という鑑賞を引いて、〈そんな情景〉、〈その通りの気分であった〉と書く。物理的に計測できないその音の〈迅〉さ。季節の微妙な変化に対する感受を、聴覚に変換して表現することで、一句は複雑な心理の陰翳をまとう。

きんぽうげ川波霧を押しひらく

『百戸の谿』所収。昭和28（一九五三）年作。〈笛吹川畔〉の前書きがある。この〈ひらく〉も、定本版で漢字から平仮名に改められた。霧に閉ざされ、水音だけが響いていた川岸。時間とともに川波に押されるように霧が移動し、春の景物が姿を現す。広々とひらけた視野に川がうねり、金鳳花の黄色が揺れる。

夏川のみどりはしりて林檎の国

『百戸の谿』所収。同年作。〈志賀高原行〉と前書きのある十七句のうちの一句。作者の若さに呼応するように、木々の緑を映して山国の川が軽快に流れ下る。甲州とはまた違う信濃の夏を列車が駆け抜ける。〈林檎の国〉には、日常を離れる旅への期待がにじむ。かげりのない旅情が楽しい。

炎天の巌の裸子やはらかし

『百戸の谿』所収。同年作。自解（同前）では〈山の子は渓流を堰《せ》いて、即席のプールを作る〉

として、水の冷たさをものともせずに遊ぶ子どもたちの姿が描かれる。水から上がったばかりの身体を岩の上で乾かす子どもたちのやわらかくしなやかな肢体に水のきらめきが躍る。

2

冬の村無韻の水瀬つらぬきて

『童眸』所収。昭和29（一九五四）年作。句集冒頭の、

大寒の一戸もかくれなき故郷

と、三句目の

耳そばだてて雪原を遠く見る

に挟まれて置かれる。作者の意図は別にして、この三句を発句、脇、第三のように読んで、絵巻物的な風景を思い描いてみたい。初めに大寒の村のロングショット。そして、雪後の静寂に包まれた村を貫く一筋の川。普段は聞こえる瀬音も今日は雪に吸い込まれてしまったようだ。その彼方には、一切の音を消して雪原が広がる。

冬川の生身ながるる新市街

『童眸』所収。同年作。今触れた三句の後、〈父を失へる同職の乙女を見舞ふ〉と前書きされた八句の五句目に当たる。いつもは大勢の人が行き交う活気に満ちた新しい街並みも、雪に埋もれて静まりかえっている。動くものの気配がない景色の中で、川だけがいきいきと流れている。静と動の対比に死と生の対比がさりげなく重ね合わされる。

渓川の身を揺りて夏来るなり

『童眸』所収。同年作。谷の勾配に沿って勢いよく流れ下る山水が、岩を打ち、緑の木々を濡らす。新しい季節を迎えた喜びをうたうように、水の響きが谷にこだまする。眩しい日ざしをはじく瀬しぶきと躍るような水の流れが夏の到来を実感させる。

夏火鉢ひとり子川を見てゐたり

『麓の人』所収。昭和34（一九五九）年作。夏なのに思いのほか気温の下がった日。風邪でも引いたのか、その子は外へ遊びに出ることもできず、火鉢のそばを離れない。誰にも覚えのありそうな経験だが、元気なら水遊びをしていたかもしれない川の流れを、ぼんやりと眺めている子どもの姿に、作者も自身の幼い日を重ねているのだろうか。

風ながれ川流れゐるすみれ草

『麓の人』所収。昭和35（一九六〇）年作。自解（同前）で〈なんとなくいい気分で生まれた句〉というように、無理のない表現が抵抗なく心に入ってくる。〈ながれ〉〈流れ〉と書き分けられた表記が風と水との質感の違いを示すのだろう。頬をなでる春風と静かに流れ下る川。〈すみれ草〉というと、単にすみれというより野の花の感じが強まる。早春の明るくさわやかな大気を呼吸して野育ちの花が揺れる。

川上に一燦の過去竹煮草

『麓の人』所収。昭和36（一九六一）年作。はるか上流では川波が夏の日ざしを浴びて輝いている。その時、作者の想念は飛躍して、そのきらめきに〈過去〉を見た。上流が過去とすれば、今作者が立つ、竹煮草が繁茂するこの場所は現在だろうか。〈逝く者は斯くの如きか〉といった、無常観につながる感慨とは違う観点から、川に人生を見た一句といえる。

雪あたたかき急流に去りし年

『麓の人』所収。昭和37（一九六二）年作。次に掲げる〈ねむるまで〉の句の自解（同前）の中で、〈父の歿後三ヶ月余り。なにかと慌しい年であった。父の寿命については、数え年で七十八歳、しかも最後まで俳句を作り抜いて死んだのであるから〉としてこの句を挙げ、〈といったほのかな感慨がないわけではないが〉と述べている。なすべきことをなした生涯として蛇笏の一生を諾う思いが〈雪あたたかき〉に託されていよう。一方で、残されたものには〈急流〉のように忽卒の間に過ぎた年でもあったに違いない。

ねむるまで冬瀧ひびく水の上

『麓の人』所収。同年作。自解（同前）では、先に引いた文に続けて〈さすがに喪の正月を迎える気持は複雑なものがある。それを直截にのべたのが

誰も居ぬ囲爐裏火の炎にねむる闇

ということになろう〉、しかし、いまふり返ってみると〈冬瀧の句の方がその時の感慨を幅広く思い出させるものがある〉と書いている。〈瀧ひびく水の上〉は、常に変わらぬ瀧の姿を示す、言い換えれば瀧の本質を永遠の相のもとにとらえた表現と言える。これに〈冬〉が加わると、水の冷たさと膚に伝わる寒気が加わって描写はにわかに実感を帯びる。〈ねむるまで〉には、床についてから眠りにつくまでの時間の経過がある。眠りが訪れるまで、心に去来するさまざまな思

い。寝入ったあとも、瀧の響きは闇を越えて作者の耳に届いていたに違いない。〈誰も居ぬ〉のような回想の内容を限定する表現を含まない分、〈その時の感慨〉が〈幅広く〉いっそう手応えをもって思い出されるのだろう。事実を淡々と描写しているように見えて、人生の奥深いところに触れた一句である。

春の川つめたき闇を遠くまで

『麓の人』所収。昭和39（一九六四）年作。闇の中を遠くまで流れる、とも、闇を遠くまで広げて、とも取れる。どちらか一方というより、ふたつの意味が渾然となって、大きな作品世界を形づくっているようだ。早春の硬い闇とその底を軽やかに流れて行く川の音。微光をまとう川面が遠くまでかすかに続く。

3

一月の川一月の谷の中

『春の道』所収。昭和44（一九六九）年作。事実に即しつつ句の表面から具体的な描写や作者の感情が拭い去られ、ことばだけがすっくと立っているような句である。川の水もある一瞬で凍りつき、画面全体が永遠に静止しているような印象を与える。

自解（『現代俳句全集　二』自作ノート）で龍太は、作品の現場である狐川について述べた後、〈雑誌「俳句」発表の三十句中の冒頭に出した。幼時から馴染んだ川に対して、自分の力量をこえた何かが宿し得たように直感したためである。それ以外に作者としては説明しようがない句だ。強いて云えば、表現に類型がなかったことか〉と記す。

川は谷を流れるだけではない。しかし、その先の平地や河口や海をすべて切り捨て、谷の中の川の姿を切り取ったのは、まさしく、甲斐とともに生きる俳人の目に違いない。その把握の背後で働きかけた存在を〈自分の力量をこえた何か〉と表現したのではないか。

また、「私の俳句作法」では、〈生前も死後もつめたき箒の柄〉（『忘音』）について、〈居直って読者を無視し、自分だけでも納得する作品にするより外あるまいと考えてこんな句になった〉といい、〈こういうわがままが、私の作品には、時折顔を出す。（……）どう欲目に見ても、成功率は十中一、二句の程度か。それこれ悩んだ末に、

　一　月　の　川　一　月　の　谷　の　中

という作品が生まれたというなら、賛否はともかく、私としては自足するよりほかはない〉とも書いている。

ある種の開き直りとも自負ともとれるが、少なくとも〈一月の川〉が龍太自身にとっても大きな意味をもつ作品であるのは間違いない。それを裏付けるように次のような発言もある。森澄雄

との対談「得たもの失ったもの」（『俳句遠近』所収）で、〈だいたい、自分の能力を超えたと思われるときでないとね、俳句ってものは、いい作品ってことには……。（……）自分の掌中にあるものだという意識があるうちは、当人にとってさほどの作品ではない〉と言い、それに対する森澄雄の〈俳句の一番のおもしろさ〉は〈そういう恩寵に与ることだな〉という言を受けて、〈恩寵ってのは、具体的にいうと、表現のリズムだと思うね。とらえた素材のおもしろさでも、情感のよろしさでもなくて、おのずから生まれるリズムだね〉と述べ、〈〈表現のリズムは――引用者〉事実をこえた作者の計算外のものだ。更にいえば力量外のものなんだよ、すぐれた作品というのは。個性とか感覚ってものは、それだけでは一級品ではないという感じがするね〉と結んでいる。この時の龍太の脳裡を〈一月の川〉がよぎったかどうかは別にして、こうした俳句観の具現化としてこの句を捉えることは可能だろう。

〈川〉も〈谷〉も、〈海〉や〈山〉などと同様に、古い時代から形を変えない、日本語の基層をなす語彙である。そうした語は、使い継がれ読み継がれてきた過程で、内に膨大な意味とニュアンスが地層のように堆積する一方で、水の流れにさらされて石の角がとれるように、表面からは解釈の手がかりが失われる。言い換えれば、あまりに一般的すぎて、それだけでは具体的なイメージが喚起されにくい語となる。

これ以上ないほど単純なことばが抜き差しならず組み合わされているさまは、野面積みの石垣を思わせる。龍太が「俳句は石垣のようなもの」で〈無造作な穴だらけの石と石の隙間。しかし、それは三カ所できっかりと結び合って微動だにしない。かろやかに見えてどっしりと重くましてや限りない天空との調和は無類〉と述べた言葉が、この句にはそのまま当てはまる。

作者が「表現に類型がない」というように「一月の川」は、ただ一回の表現に賭けられた句である。その点で、

鶏頭の十四五本もありぬべし　正岡子規

子規逝くや十七日の月明に　高浜虚子

にも似ているだろう。事実であること、作者にとってかけがえのない経験であることの重みを核にしながら、限りなく普遍的であること。子規の句の十四五本を七八本と言い換えて優劣を論じることに意味がないように、この句の一月を三月や六月と置き換えてみても、建設的な議論になるとは思えない。あえていえば、作者が一月を選んだのではなく、一月が作者を選んだのである。自然と作者の、一回限りの出会いがこの句を生み出した。

廣瀬直人は『飯田龍太の俳句』で〈実景を超えて想念の世界へ読者を引き込む力がある〉と述べたあと、〈「一月」という季語が重い。（……）、当たり前に過ぎていく時間の中の「一月」であるところに、季語に向けられたしたたかな認識がある〉と指摘する。

『カラー図説日本大歳時記』の「一月」の解説で龍太は〈十二ヶ月のなかの第一の月であると同時に、小寒から大寒に入る厳冬の季節。更に簡潔な文字の眺めはキッパリと目に沁みて肌に刺さる。言葉に情緒の湿りがない。しかもこの月は、古い年中行事の最も多く行われるときである

ことを考え併せると、それを超えた時象の大きさと深さを感じさせる〉と説く。簡潔でありながら、人間や自然を大きく包み込む〈一月〉を一句の要として、作品は静かに佇んでいる。

4

鰯雲淵いくたびか驟雨過ぎ

『山の木』所収。昭和46（一九七一）年作。空には鰯雲が広がり、眼下の川は静かに秋の日ざしを映す。今は穏やかに水を湛えて澱む淵も、過ぎ去った夏の間は驟雨が通るたびに荒々しい姿を見せていた。目の前の静と記憶の中の動との鮮やかな対比。〈いくたびか〉という措辞からは、作者がこの川を日々親しく眺めてきたことが感得される。満ち足りた景色の後ろに、積み重ねられた日常の時間がある。

極月の大瀬を雨の通るなり

『山の木』所収。昭和48（一九七三）年作。単純化された言葉の組み合わせが力強くダイナミックな情景を描き出す。濁音を強く響かせつつきっぱりとした語感を持つ〈極月〉からはじまり、〈オ〉音が耳に残る〈大瀬〉〈通る〉と、滑らかな〈雨〉〈なり〉とが交互に用いられてリズミカルな抑揚をつくり出す。瀬音にかぶさる激しい雨音に、確かな自然の手触りがある。

畦火いま水に廓の情死行

『山の木』所収。昭和49（一九七四）年作。夕闇が包む川の面に妖しく映える畦火、そして入水を図ろうとするのか、道行を急ぐ一組の男女の影。〈水に〉を支点として、前半の現実から後半の幻想へ、一句は鮮やかに場面を転換する。〈畦火〉〈いま〉〈水に〉〈情死〉のイ音と濁音が全体を引き締める。水にゆらめく畦火の炎が、近松の心中物のような、華麗にして哀切なイメージを紡ぎ出した。

荒魂の陽の海に入る雪解川

『山の木』所収。同年作。雪解のために水量と勢いを増した川が激しく海に流れ込む。満々たる水の彼方に、太陽が今落ち込もうとする。一語で大景を支える〈荒魂〉は、〈荒々しい心、勇猛で男らしい魂〉（『日本国語大辞典』）という。エネルギーを放出するだけの夏ではなく、冬から春へ季節の歯車を回す時の太陽にこそ〈荒魂〉は宿るのだろう。廣瀬直人は、この句が〈北陸あたりの河口の風景とも見ることができる〉と指摘し、〈暑き日を海に入れたり最上川　芭蕉〉を想い起こさせると書いている（『飯田龍太の俳句』）。

瀬を越えて木影地を這ふ晩夏かな

『山の木』所収。同年作。季節が変われば太陽のたどる空の道も変わり、日ざしの角度が変われば、もののつくり出す影の向きや長さが変わる。瀬を越えて対岸の土に届くようになった木の影に、夏が終わろうとしていることを知る。想念の飛躍を抑え、眼前の事実を通して、季節の移ろいを的確に描き出した。

夕映えの淵おそろしやかたつむり

『山の木』所収。同年作。岩の端をゆっくり進むかたつむり、そのはるか下の淵は迫る闇に抗うように夕映えの空を映し出す。〈おそろし〉いのは作者か、かたつむりか。人間の思いなど知らぬげに、かたつむりは平然と淵を見下ろす位置を這い続ける。

巌を打つ水の雄心山女釣り

『涼夜』所収。昭和50（一九七五）年作。龍太は「ヤマメと手打ち蕎麦」の中で、〈釣りは好きだが、私のは、ものぐさ釣りである〉と断りながら〈渓流のヤマメ釣りは、かれこれ二十年ほど、一応精を出した〉と書いている。昭和53年に発表されたこの随筆の中で、〈二年ほど前から、ヤマメ釣りを止めた。（……）みずから定年を課したのだ〉と記しているので、この句は、作者の山女釣り歴の最終盤の作品ということになる。巌を打っては散る水の響きが渓を満たす。〈雄心〉は、水の勢いを示すだけでなく、川に生きるものたちの生命のほとばしりへの讃歌でもあるだろう。

海よりも川なつかしき晩夏かな

『涼夜』所収。同年作。〈川なつかしき〉は、甲州育ちの作者の率直な思いだろうが、それが一個人の感慨の発露にとどまらず、俳句作品として成立するためには、さまざまな読者の立場を超えた共感を呼ぶ普遍性が求められる。その要となるのが〈晩夏〉だろう。作品に触れて読者は、夏の終わりのおそらくは夕暮れに近い海の映像と川の映像をともに思い浮かべる。海辺に育った者でなくても、晩夏の海には一種の郷愁を誘われる。しかし、太陽が山の端に傾き、夕闇の迫る川面がなお青空を映す景に心をしめつけられるようななつかしさを感得した時、読者は作者の感懐を諾うに違いない。

露の川ときに嘆きの音もあらむ

『山の影』所収。昭和56（一九八一）年作。〈嘆き〉は、〈川〉の嘆きであるとともに、川に依存して生きてきた人々の嘆きでもあるだろう。深沢七郎の『笛吹川』に描かれるように、川に翻弄されながら、生き代わり死に代わり幾世代にもわたって生き継いできた人々。その人々の嘆きが〈露〉という、いのちのはかなさを象徴する一語に託されているように思えてならない。

海

1

甲斐に生まれ育ち居を定めた龍太にとって、海は幼時から親しんだ存在ではない。海を詠んだ句も旅吟もしくは想像句といえる。しかし、龍太の句に登場する海は、作者との距離を感じさせない、自然な姿で描かれている。上田敏が〈こゝろ自由《まま》なる人間は、とはに賞づらむ大海を〉（『海潮音』）と典雅に訳したボードレールの詩句を、長谷川四郎は〈精神自由な人間は永遠に海を愛す〉と簡潔に言い換えたが、海が本質的に持つ〈自由〉は、龍太の精神ともよく共鳴しあうように思われる。

海にゆく手を日盛りの窓に出す

『百戸の谿』所収。昭和28（一九五三）年作。以前は、バスや電車に乗ると、「窓から顔や手を出さないでください」というアナウンスがよく聞かれた。暑い日の冷房はありがたいが、窓を開けて風を身体に感じる楽しみも失われていくのだろうか。海に向かう心の弾みが、手を窓から出すという動作に自然に表れている。日差しの強さも快い。

灯の下の波がひらりと夜の秋

『童眸』所収。昭和29（一九五四）年作。〈大阪支社諸友と紀州友ヶ島に遊ぶ〉と前書きのある四句のうちの一句。〈友ヶ島〉は〈紀淡海峡のなかの小さな島〉で、〈戦前は要塞であった。丘上には破壊された砲台跡があり、夏草が茂っていた〉と自解（『自選自解　飯田龍太句集』）にはあり、この句は〈（旅館の――引用者）窓から下を見たそのままの景を句にしたもの〉という。〈灯の下〉

によって、光の圏外の暗さとの対比が際立つ。素早く捉えられた波の軽快な動きを囲む闇には、島に残る戦争の傷跡と記憶が沈んでいる。

夏毛布身にかけて夜の淡路去る

『童眸』所収。昭和30（一九五五）年作。この年の五月に龍太は、関西での句会に出席した後、神戸、京都、淡路島などを巡った。それをもとに「無色の風」と題する一連を「雲母」に発表したが、作者自身は〈面白い旅にいい作品のないのはさびしいことだ〉と自解（同前）に書いている。この句は〈諸友と別れたあとの、船中での作〉という。夏とはいえ夜は冷える海上を進む船室に、長い旅のあとの、充足とも虚脱ともつかない、気だるさに包まれた身体を横たえる。夏毛布のほのかなぬくもりと闇の中からとどく機関の音や波の響きに包まれながら。

海女の村昼の男に椿満つ

『童眸』所収。昭和31（一九五六）年作。自解（同前）によれば〈鎌倉の俳友林逢生氏と伊豆に遊んだ折の句〉で、熱川から下田に向かうバスの〈車窓から見かけた漁村風景〉であるという。海女たちが藻を干す声で浜が賑わう一方、村は静まりかえっている。その時〈着流しの男が一軒の家から現われ、ゆっくりと路地に消えた。その頭上に、椿がいっせいに花をつけていた〉。映画のワンシーンのような、想像力をかきたてる景だが、その前後に何があったか、この男が何者か、作品は口をつぐんで語らない。ただ、〈海女〉〈昼の男〉〈椿満つ〉を組み合わせ、遠景に激しい労働、近景に華やぎに充ちた静謐を置くこの場面には、かすかなエロティシズムがただよっている。

夏すでに海恍惚として不安

『童眸』所収。昭和32（一九五七）年作。「荒崎」と題する七句のうちの一句。具体的な描写抜きに、主観的断定的な語彙で夏の海を大胆に表現する。確かな根拠はないけれど、夏を迎えた海のかがやきに〈恍惚〉と〈不安〉を同時に思う感性は、日頃から海に親しんでいる人のものとは違う、という気がする。海に馴れない神経が海に触れて感じる戦きがこの一句にはある。

冬の海てらりとあそぶ死も逃げて

『童眸』所収。昭和33（一九五八）年作。自解（同前）は〈この句から「朝」を感じとってもらえれば、作者としてはそれで何も言うことはない〉として、さらに〈一時意識が混濁するほどの大病にかかった父の病状が、やや回復して、ホッとした気分があったことは事実だ。次女が死んだあと、次男が生まれたこともあわせて――〉と結ばれる。〈死も逃げて〉といういくぶん唐突な感慨は、こうした背景を含めて鑑賞することで胸に落ちる。〈てらり〉という、耳慣れないあっけらかんとした措辞が、凪ぎわたる冬の海を的確に表現する。

潮見て麦刈口に水ふくむ

『麓の人』所収。昭和34（一九五九）年作。自解（同前）では〈房州所見――といっても、動作の細部は自分の体験で味付けした〉といい、〈盆地の意地悪な熱気とちがって、こんなひろびろとした蒼い海を眺めての麦刈りなら悪くないな、とちょっとそんな想像をした〉と書く。つらく厳しい労働のなかで口に含んだ水の冷たさ。目の前に広がる、初夏の海。事実の簡潔な描写の中に、人間の営みと雄大な自然が、巧まずして対比される。

蜜柑捥ぐ海の半ばの色しづか

『麓の人』所収。昭和39（一九六四）年作。広々とした海を見渡しながら蜜柑を収穫する。陸からの距離、太陽の位置、雲の濃淡によって海は微妙に色合いを変える。「色しづか」に、視覚を聴覚的に表現した、さりげないが独特の把握がある。風もない穏やかな冬日和。たかぶることもない波音の中で作業は順調に進む。

あをあをと年越す北のうしほかな

『忘音』所収。昭和41（一九六六）年作。ほかの季節とは明らかに違う深い青をたたえた北国の海。〈あを〉の繰り返しは、どこか波の律動に通うようだ。上五でゆったりとうたいだし、中七で言葉を畳みかけ、下五できっぱりと情感を断ち切った、うねりのような調べ。静かな気息のなかに、永遠に繰り返される波のリズムと〈年越す〉に集約される人の世の営みが重ね合わされる。

2

しんかんと栄螺の籠の十ばかり

『春の道』所収。昭和44（一九六九）年作。〈南総、館山で開かれた大会に出席した折のもの〉（広瀬直人『飯田龍太の俳句』）という。

春暁の竹筒にある筆二本　『忘音』

を思わせる、ものの存在そのものを指し示した一句である。具象を徹底しつくして抽象に到ったような絵画があるが、この句にもそれに通じるものがある。それぞれに栄螺を入れて、十個ほどの籠が無造作に置かれている。筆が二本、鶏頭が十四五本でなければならないように、〈栄螺の籠〉も〈十ばかり〉でなければならない。人影もなく、波音も聞こえない。背景がすべて〈しんかん〉に吸い込まれて、栄螺の籠だけが、そこにある。

信濃から人来てあそぶ秋の浜

『春の道』所収。昭和45（一九七〇）年作。自解（『現代俳句全集　二』「自作ノート」）によると、関東、関西から二百名ほどが伊豆の今井浜に一泊の吟行をした時の作という。〈着いてみると、もう信州飯田の人達が何人か浴衣に着がえて砂浜を散策している。（……）甲州からのバスの旅もたいへんだが、飯田ならもっと不便だったにちがいない。「御苦労さま」といいたい〉。山国である信濃から来た人々の、さえぎるもののない海を前にして解放された気分が、のびやかなリズムに乗って伝わってくる。それはそのまま作者の心持ちでもあるだろう。自解は〈（海のない県の中でも——引用者）信州と甲州は格別海に縁遠い山国という印象が強いようである〉と結ばれる。

波濤いま雲丹の肉色仏花また

『山の木』所収。昭和46（一九七一）年作。〈波濤〉〈雲丹〉〈肉色〉〈仏花〉とつづく語の連なりに濃厚な味わいがある一方、いつまで嚙んでも嚙みきれない、そんな感じがする。無理に呑み込めば消化不良を起こしそうだ。強いて現実の情景に還元すれば、〈雲丹の肉色〉は、やや傾いた日に染まって黄金から赤に変わろうとする波を思わせる。そこから想念は〈仏花〉に飛躍する。〈雲丹〉が春季であることを考えれば、彼岸の墓に供える花かもしれない。とはいえ、味気ない散文化など試みず、嚙みきれないままいつまでも味わっていればいい作品なのかもしれない。

貝こきと嚙めば朧の安房の国

『山の木』所収。昭和49（一九七四）年作。安房は房総半島の南端にあり、三方を海に接する。作者が今安房にいる時の感慨と解することもできるけれど、自解に〈遠く離れた山国の一夜、曾遊の思い出を瞼に描くとき、洋上の朧月はまことに茫洋〉（『飯田龍太　俳句の楽しみ』「自作の周辺」）とあるとおり、作者の想念のなかの〈安房〉としたとき、〈朧〉の一語がより生きるように思われる。〈こき〉という音がもたらす貝の歯ごたえの現実感と、遠い記憶の中で霞む安房との対比が、不思議な遠近法で描かれる。その闇の奥にはたしかに波の音が響いている。

寒き山見てうつくしき海にあり

『山の木』所収。昭和50（一九七五）年作。海にいるが、作者が見ているのは山なのだ。目の前にそびえる寒々とした冬の山。後ろには冬の日ざしを受けて穏やかに広がる海。〈寒き山〉と〈うつくしき海〉との対比には、山国に生きる人のどこか屈折した海への思いが反映しているようだ。

立春の間近き室戸岬かな

『涼夜』所収。同年作。〈立春〉と〈室戸岬〉の二つの言葉が、ちょうど地球と月のように、引力と遠心力のバランスによって、ひとつの宇宙を形作っている。立冬でも立秋でも、潮岬でも襟裳岬でもない。黒潮に洗われ、亜熱帯植物が自生するというこの土地でも、春を迎える気持ちは格別なものがあるだろう。

朧夜の船団北を指して消ゆ

『涼夜』所収。昭和51（一九七六）年作。北洋漁業の船団だろうか。北海道や東北の漁港から、鮭や鱒や鰊などを獲るため、船団を組んで北太平洋に向けて出港する。現場に着くと同じ海域で数ヶ月操業するという。春の夜気に霞む港を出たその先には、北洋の厳しい自然と激しい労働が待っている。

暗澹と島山つらね冬座敷

『涼夜』所収。昭和52（一九七七）年作。〈肥後・天草小旅〉と前書きのある内の一句。宿に落ち着き、座敷の障子を開けると、暮れかけた海には、島山の影が連なって見える。それを〈暗澹と〉と表現したとき、作者の脳裡には、同じ一連の中にある

天草四郎凍空に群鴉充ち

が象徴するような、この土地の歴史がよぎったかもしれない。

波騰げてひたすら青む加賀の国

『今昔』所収。昭和53（一九七八）年作。一向一揆や百万石など明暗さまざまなイメージの広がる〈加賀〉。日本海の荒波も、冬の厳しさとは違った表情を見せる季節を迎え、山も平地も日々緑を深めていく。〈ひたすら〉からはとどまることのない自然の勢いが感じられる。海と陸とを一筆で捉え、大景を描き出した。

3

朱欒叩けば春潮の音すなり

『山の影』所収。昭和57（一九八二）年作。同じ『山の影』の前年の章には〈様似の夏〉九句があるが、その中の

花朱欒むかしの在所空の果

に呼応するようにも思われる。〈花朱欒〉の句の前書きに〈遠く長崎よりこの北辺に移住せしといふ地あり〉とある。〈朱欒〉はミカン科の植物、インドシナ地方の原産で日本では四国九州で栽培されるという。花は夏、実は冬の季語。朱欒を叩くと、その中に封じ込められた南国の海の記憶が動き出し、春の潮の音を響かせるのだろうか。

鎌倉をぬけて海ある初秋かな

『山の影』所収。昭和59（一九八四）年作。〈目には青葉山ほととぎす初鰹　素堂〉があるように、鎌倉の町は海と山が間近に迫る。歴史の重みを背負った家並を通りぬければ、初秋の海がひろびろと広がる。砂浜に遊ぶ人々に降る日ざしも今は柔らかい。

ひたと見てこころ離るる秋の海

『山の影』所収。同年作。海を見つめていたのに、心はいつか別の思いに囚われている。誰にも覚えのあるだろう心理の隙をすばやく捉えた。他の季節にも当てはまるようで、澄んだ視界と茫洋とした思いの対比は秋の海でこそ生きるだろう。

冷まじき潮寿永の音すなり

『遅速』所収。昭和61（一九八六）年作。「壇の浦・早鞆の瀬戸」と前書きのある五句のうちの第一句。雄渾な歴史物語を下敷きに、絵巻物を思わせる情景を展開した一連といえる。一一八五年三月の壇の浦の戦いで平家が敗れ、安徳天皇も清盛の妻時子に抱かれて入水し、八年の生を閉じた。〈寿永〉は平氏が使っていた年号で、この年、寿永四年は元暦二年に当たるという事実を思い合わせれば、〈寿永〉は、敗者平氏に心を寄せた表現であり、〈寿永の音すなり〉は、歴史の敗者の声に耳を傾ける作者の姿勢を示すともいえるだろう。そこには、合戦の喧騒にとどまらず、人間を押しつぶす巨大な運命の歯車の回る音がとどろいているようだ。

幼帝のいまはの笑みの薄紅葉
身にしむや海の底ひの都まで

おなじ一連の二、三句目。平家物語巻十一には〈二位殿（時子）〉が安徳帝を〈「浪の下にも都の候ふぞ」と慰め奉つて、千尋の底へぞ入り給ふ〉とある。〈いまはの笑みの薄紅葉〉とは、安徳帝が死の間際に見た都の幻だろうか。〈底ひ〉は極めて深い底。単なる海底ではなく、かの世に近い場所というようにも考えられる。〈身にしむ〉には敗者への共感と哀惜の思いが満ちている。

燕高し大原もいま秋ならむ
星月夜こころ漂ふ藻のごとし

同じく四、五句目。安徳帝の母建礼門院徳子は、壇の浦の戦いで生き残った後、京に送られて出家し、大原寂光院で安徳帝と一門の菩提を弔った。空高くはるばると南をめざす燕。帰るべき場所を持つものと、帰るすべのないものたち。〈大原もいま秋ならむ〉の〈も〉に、歴史の激流に飲み込まれた者たちの無念に寄り添う作者の思いが込められている。

壮大な悲劇の反歌のような〈こころ漂ふ藻のごとし〉においても、虚脱した心情の表出に、安住の地を持たない者たちの魂の漂泊が二重写しのように重なる。頭上に広がる星々が人の世の興亡を静かに見守っている。

海辺まで花なにもなき涼しさよ

『遅速』所収。平成元（一九八九）年作。花もなく、海水浴の人も見えない。ただただ浜辺と夏の海が広がっている。藤原定家の〈見渡せば花も紅葉もなかりけり浦の苫屋の秋の夕暮れ〉を思い起こさせるが、〈なかりけり〉の詠嘆に対し、〈涼しさよ〉の断定が潔い。

初夢の逗子鎌倉は灯にまみれ

『遅速』所収。平成2（一九九〇）年作。相模湾に沿って接する二つの町。夢だから、実際に見たかどうかは問題にはならないが、高いところから俯瞰したとも、海の方から陸を眺めたともとれる。〈灯にまみれ〉とは言っても、大都会の電力の浪費ともいえるような豪奢なあかりとは次元が違う。ただ、すぐそこに迫る海の暗さと対比されて、街の明るさと新年のめでたさが実感されるのだろう。

冬の海鉄塊狂ひなく沈む

「俳句研究」平成4（一九九二）年四月号。この〈鉄塊〉が具体的にどんな形状でどんな状況のもとで海に沈むのかはわからない。しかし、〈狂ひなく沈む〉には、物質の非情さが端的に表現されている。その非情さは、そのまま、凍りつくように冷たい冬の海のものでもある。

遠くまで海揺れてゐる大暑かな

「雲母」平成4年八月号つまり終刊号に掲載した九句の最後に置かれている。発表された龍太の句としては最後になる。〈遠くまで揺れてゐる〉は、今見ている景の的確な写生であるとともに海の本質を捉えた表現でもある。夏のエネルギーの頂点ともいえる〈大暑〉にその本質は最もよく表れる。

甲斐

1

飯田龍太は、「二月の風」という文章で、伊藤信吉詩集『上州』が刊行された際、〈書名を見た途端にシマッタ、と思った。というのは、実は私自身、次の句集は「甲州」か「甲斐」にしようと考えていたためである〉（「風土・十二ヶ月」）と書いている。この文章は昭和51（一九七六）年に発表されているので、ここでいう〈次の句集〉は『涼夜』に当たる。その句集名に抽象的な語が多いことを考えると、『上州』がなくても『甲斐』または『甲州』が実現していたかどうかは不明だが、自身の句が甲斐の風土に深く根ざしていると自覚していたことは窺える。

甲斐の風土について龍太は、越後・信濃と比較しながら〈甲斐は、狭い盆地を囲繞する峻烈な山容に抱かれて、なにやら秋霜のきびしさを秘めているように思われる〉（「甲信越の詩情」）と総括する。こうした風土との対峙が龍太俳句に豊かなみのりをもたらしたのは間違いないだろう。

〈甲斐〉の語源は〈峡〉に由来するとしばしば言われるが、上代の音韻の研究から甲斐の〈ヒ〉と峡の〈ヒ〉は違う音であることがわかって、〈甲斐＝峡〉説の旗色は悪いようだ。代わって登場したのが、〈甲斐＝交ひ〉説らしい。磯貝正義は西宮一民の説を紹介して、甲斐の枕詞の〈なまよみの〉は〈半黄泉《なまよみ》〉であり、〈「半黄泉」「黄泉への境界になっている国」が「甲斐国」であり、「熊野」が死者の「隠野《くまの》」であるように、「山隠る地勢を死者への国と認識したことによる命名」であるとした〉（『図説　山梨県の歴史』序説）という。もっとも、磯貝氏は続けて、この認識は他国の人の〈観念的な発想から出たもの〉で〈ここに住む人びとの実感からはほど遠いもの〉と書いているのだけれど。

だが、かの世の者がごく自然にこの世と行き来する龍太俳句を読むと、〈死者への国〉が単に他国人の〈観念的な発想〉に過ぎないとは言い切れない気がする。甲斐の風土に根ざすとは、その根底に〈死者への国〉の地霊との交感があるのではないか。

とはいえ、龍太俳句の中に〈甲斐〉が現れるまでには、しばらくの時を要する。それはおそらく風土深く根を下ろすのに費やす時間の長さと相関する。

露の村墓域とおもふばかりなり

『百戸の谿』所収。昭和26（一九五一）年作。龍太がまず甲斐を詠むのは、自身の住む村を通してだった。この句について、龍太は〈感傷の部分が多すぎる〉としつつ〈戦後数年間の、皆をつり上げて過ごした時期が、いつか夢のように去って、峡中の人とこころ定めてみると、あらたな虚しさがこみ上げて来た〉と心情を説明し、〈感傷というより自嘲のにおいが強い〉（『自選自解

飯田龍太句集』）とする。こうした心情の直叙は、翌年の

梅雨の月べつとりとある村の情

露の村にくみて濁りなかりけり

にも見られるが、村への憎しみと言うより、その地に定住せざるを得ない自身の運命をすらりと甘受できない葛藤が、こうした激しい表現をもたらしたような気がしてならない。

ふるさとの山は愚かや粉雪の中

『百戸の谿』所収。昭和27（一九五二）年作。自解によれば、午後から舞いはじめた雪が夕方になって勢いがついた、〈あたりが闇につつまれる前に、四囲の山々はすべて雪のなかに消え、竹が撓いはじめていた。／こんな晩、雪の降る山を想像するのは淋しいものだ。淋しいだけでは済まされぬ別の気持が胸に溜まる。犀星のあの、ふるさとの詩に共感したくなる〉（同前）。

句集収録句に〈ふるさと〉の語が見られるのは、同年の

春暁の幹もふるさと川鴉

が最初ではないかと思う（なお、句集未収録句では、昭和22年に〈ふるさとやよるべに辿る芝の雪〉がある）。ときに憎しみの対象となるこの村を、〈ふるさと〉と認めざるをえない、しかし、一方で〈ふるさとは遠きにありておもふもの〉〈かへるところにあるまじや〉という詩句に通う思い

も消しがたく残る。舞いしきる雪のなかに暗澹と暮れてゆく今日のような日には、定住の決意が揺らぐこともあるのだろう。ただ、〈山は愚か〉という措辞にどこかおかしみと親近の情が宿るのは、〈ふるさと〉への思いが負の感情ばかりではないことを示しているようだ。

大寒の一戸もかくれなき故郷

『童眸』所収。昭和29（一九五四）年作。〈落葉しつくした峡村の一戸一戸がさだかであるばかりではない。こんな日には、数里離れた釜無川の清流まで鋼の帯となってきらめくのが見える〉（同前）と自解にあるとおり、作者のまなざしにくっきりと捉えられた故郷の景には、〈露の村〉の感傷や自嘲はない。村への愛憎や定住への葛藤の息苦しさから解放された視線が、冴えわたった大気の中に村を見すえる。やや図式的にいえば、作者の視界をふさいでいた定住の宿命の重圧が、時の経過とともにうすれ、対象を広い視野から眺めることを可能にした、と考えられる。その意識の延長線上に、故郷を〈甲斐〉の時空のなかでとらえる視点が生まれるのだろう。

2

村役場が発行する「さかいがわ」に平成5（一九九三）年に寄せた「わがふるさと境川は」で

飯田龍太は、若くして故郷を離れた人には〈山も川もいつまでも忘じ難い懐かしさとやさしさにつつまれているのが一般〉だろうが、〈境川村に生まれ育って、七十余年後のただ今もこの地に住む私〉には、少年から壮年を経て〈老境に入った歳月を振り返ってみると、さまざまなこころの屈折があったことが改めて思い出されます〉と書いている。そうした〈屈折〉の影は初期の作品に特に濃いが、定住の歳月を重ねるにつれ、その俳句も、より冷静により大きな視点から故郷の風物を眺めるようになっていくようだ。

雪山に星が矢を射る父母の国

『麓の人』所収。昭和40（一九六五）年作。冴え冴えと澄み渡った夜空に、星が鋭く光を放つ。〈峡〉でも〈甲斐〉でもなく〈父母の国〉と置くことで、上五中七の厳しい描写にかすかなぬくもりが加わる。蛇笏亡く母の健康も万全ではないという事情を心に置けば、この〈父母の国〉も複雑な陰翳をまとうように思われるが、憶測は控えたい。ただ、はるかなものにそそいでいたまなざしを大地に向けた時、この風土に生きる者の血が自己の内にも流れていることを強く意識したのは間違いないだろう。

谷川の上に西日の蚕飼村

『忘音』所収。同年作。『角川日本地名大辞典』（昭和59年刊）の「境川村」の項には、〈古くから盛んであった養蚕は、現在も当村の農業の中心をなしているが、第2次大戦以後は果樹・蔬菜の生産へと移行しつつある〉とあり、龍太自身も〈つい三、四十年前までは、村の八割方養蚕を主とした〉（「山居春秋記」平成5年）と書く。時代の変遷や産業構造の変化に翻弄されてきたに違いない村の生活はすべて背景に沈め、目にした事実だけを淡々と差し出した。強い西日に照らされて静まり返る桑の木々。聞こえるのは谷川のせせらぎのみ。

セルを着て村にひとつの店の前

『忘音』所収。昭和41（一九六六）年作。『角川俳句大歳時記』の「セル」の解説は、この句を引用して〈日常着らしいセルの風合が伝わってくる〉（宇多喜代子）と記している。〈セルを着て〉で作者のふだんの生活が、〈村にひとつの店〉で村のありようが端的に示される。作者自身も一点景となった淡彩のスケッチのように、素朴な村の日常が浮かび上がる。

ふるさとはひとりの咳のあとの闇

『忘音』所収。昭和42（一九六七）年作。冬の深夜、家族のひとりがひどく咳き込む。その声に眼を覚ました作者が耳を澄ますが、あとには静寂が広がるばかり。この地に生きる人の喜怒哀楽を呑み込んできた闇に、咳によって呼び覚まされた作者の不安もまた包まれていく。

真冬の故郷正座してもの思はする

『春の道』所収。昭和44（一九六九）年作。意味の切れからは、七・五・七の破調になるが、〈真冬の故郷〉から一気に読み下すことで、句全体にスピード感と力強さが生まれた。〈正座〉する作者を囲む空間に充ちるしんとした緊張感。作者の思いは、自己の内面をその核に向かって深く掘り進んでいくのだろうか。

峡中のひとの生きざま青嵐

『春の道』所収。同年作。蛇笏の

夏雲群るるこの峡中に死ぬるかな　　『山響集』

と呼応するような一句だが、〈夏雲〉の句がはらむ切迫した気息の代わりに、人の暮らしに寄り添った柔軟な把握がある。〈峡中〉の自然に時に従い時に抗いながら〈青嵐〉に靡く木々のようにしなやかに生きる人々。〈生きざま〉の荒々しい語感は、生への執着と生き抜こうとする気魄をはらむようだ。

樹も草も時雨地に呼ぶ峡の国

『春の道』所収。同年作。強いて助詞を補えば〈時雨を地に呼ぶ〉となるだろうが、表現の明晰さを犠牲にすることで、時雨にけぶる草木がかえって実感を伴って見えてくる。四方から山が迫る〈峡〉と〈地〉がかみあって確かな世界を形づくる。甲斐＝峡の語源説が否定されても、甲斐が峡の国であることに変わりはない。この句のように、〈村〉や〈ふるさと〉ではなく、〈峡〉や〈甲斐〉といった大きな視界の中で風土を捉える姿勢が、このころから顕著になってくる。

騒然と柚の香放てば甲斐の国

『春の道』所収。同年作。〈柚子打つや遠き群嶺も香にまみれ〉（『涼夜』）のように、柚子を叩いて落とす場面だろうか。〈騒然〉は柚子を叩く動作を示すとともに、柚子が放つ匂いの印象でもあるだろう。聴覚と嗅覚が渾然となった上五中七を〈甲斐の国〉がどっしりと受けとめる。

ふるさとは坂八方に春の嶺

『山の木』所収。昭和46（一九七一）年作。〈坂〉と〈嶺〉によって、〈ふるさと〉の地勢を簡潔に表現した。〈八方〉を嶺に囲まれている事実は季節とは関係ないはずなのに、〈春の嶺〉が動かない。〈ふるさと〉が最も〈ふるさと〉らしい季節、それが〈春〉だという静かな確信が、なだらかな調べにこもる。

3

かたつむり甲斐も信濃も雨のなか

『山の木』所収。昭和47（一九七二）年作。自解には、〈夏の雨中に遠望した諏訪口の風景である。信濃の蝸牛も、しとどに雨を浴びていようという、隣国に対するそんな親しみのおもいが湧いた〉（「初心を見失わぬ努力——私の俳句入門」）とある。降りしきる雨をたっぷり浴びてじっと動かないかたつむり。それを見つめる作者の思いは、眼前の景を離れて茫洋とした空間に漂いはじめるようだ。近景と遠景、小と大の対比を鮮明にせず、〈雨のなか〉と収めることで、一句のはらむ空間に奥行きが生まれた。土地に根ざしたふたつの古名が、現実を超える浮力と実在感を一句に与えている。

水澄みて四方に関ある甲斐の国

『山の木』所収。昭和49（一九七四）年作。時を経て変わらない自然とその対極にある人間の営み。甲斐が黄泉への境界であるとしても、現世の人々が行き交う地であることに変わりはない。『地名歳時記　四　甲信』（飯田龍太編）の〈甲斐路〉の解説には、〈交通の中心は内藤新宿から甲府を通り下諏訪で中山道に通じる甲州街道である。脇往還には、甲州街道と東海道を結ぶ鎌倉往還・中道往還や、秩父往還・青梅往還・佐久往還・駿州往還などがある〉とある。『角川日本地名大辞典19山梨県』によると、〈これらの往還に口留番所が設けられていた。口留番所は戦国大名武田氏支配下の関所の性格を踏襲し、国境の警備、旅人の出入の取締り、また主として物資の出入の監視と取調べを主な任務としていた。「甲斐国志」によると、甲斐には25カ所以上の口留番所のあったことがわかる〉。その機能から、この〈口留番所〉も関所といわれるようだ。とすると、〈四方に関ある〉は、甲斐の地理的条件とそこから派生した歴史的性格を大づかみに捉えた表現であり、一句は、やや大げさにいえば、甲斐の時間と空間を十七字に封じ込めた作品とも言える。その認識を、象徴的でありながら大地を踏まえた〈水澄む〉が静かな気息で支えている。

ふるさとの橋のかずかず師走かな

『山の木』所収。昭和50（一九七五）年作。境界をまたいで二つの岸をつなぐ橋によって、地域と地域、人と人とが結ばれてゆく。誰のものであってもいい、普遍的な〈ふるさと〉の姿がここにはある。月の異名の中でも格別に人間くさい〈師走〉を置くことによって、抽象的とも観念的ともいえる表現に温かい血が通ったようだ。

日向より帰りし甲斐も秋暑にて

『涼夜』所収。同年作。龍太は、この年の九月に宮崎市で行われた「雲母」九州俳句大会に参加している。句集では、〈九州えびの高原　五句〉に続いて、〈書信の端に〉という前書きを付して収められている。この句の構えのない語調も、親しい人への便りに添えた一句である点に由来するのだろうか。同じ秋暑といっても、海を望む南国日向と山に囲まれた甲斐とでは、大気の感触が全く異なるに違いない。厳しい秋暑の中にも、住み馴れた土地に戻り故郷のにおいに包まれた安らぎが息づいている。

春の夜の藁屋ふたつが国境ひ

『涼夜』所収。昭和51（一九七六）年作。情景も秘められた情感も、〈大河を前に家二軒〉とは正反対の静寂に満たされている。藁葺き屋根の家がふたつあるだけの国境。尾根筋を境として隣国と接する国ならではの場面だろうが、星空を背景に藁葺き屋根が寄り添う情景には、他郷の者の胸にもしみ入るなつかしさがある。残雪にまたたく星も春の夜空に少し潤んでいるようだ。

梅漬の種が真赤ぞ甲斐の冬

『涼夜』所収。昭和52（一九七七）年作。梅漬けの種の赤さは、論理的には甲斐とも冬とも無関係だとはいえる。だが、その理屈を超えた断定に作者は全身の重みをかけた。〈種が真赤ぞ〉という表現は、その烈しさが凜烈たる寒気と響きあうとともに、どこか人のぬくもりを感じさせる。そうした人と自然のありようこそが〈甲斐〉であるに違いない。

甲斐の春子持鰍の目がつぶら

『山の影』所収。昭和58（一九八三）年作。「鰍」（『季のつぶやき』所収）という文章で、龍太は〈水温む〉という言葉を〈口ずさむと、渓流の鰍を思い出す〉と書く。流れに素足を入れると〈食いつくような冷たさ〉だが、〈気分の上では、やはり水温む感じ〉。川底の石をとると、〈日の光りのなかをすっとカジカが走る〉。〈こっそり持ち出してきた味噌漉し用の笊の中へ、ゆっくりと追いこむ〉。それをてのひらに移すと、〈いっぱい卵をはらんだおなかを裏返して、ピチピチとはねる〉。しばらくして指をひらくと、〈てのひらの上に寝そべっている。（……）この顔を見てくれ。つぶらなこの眼の澄みがわからぬか〉。引用が長くなったが、そのまま一句の自解といえる文章である。この文を念頭に作品を読み返せば、〈甲斐の春〉という措辞からは、風土に根ざし風土とともに生きてきた者の揺るぎない自信が窺える。新しい命を孕んだ鰍のつぶらな眼が、冬を越えて迎えた季節への讃歌となっている。

旅

1

飯田龍太は「風景と旅吟」という文章で〈はじめての土地を訪れたときは、とかくあれこれ目移りして、しばらくは気持が定まらない。しかし、自分が行きずりの旅人ではなく、かりにこの地に住みついたらどんな印象をうけるだろうか、と考えると、別途な感慨が湧いて来て、なんとなく目が定まり、こころが対象に沈むように思われる〉と書いている。風土にしっかりとした根を持つ俳人ならではの言葉だが、同時に、かいなでの印象ではなく、対象をその深部から捉えようとする実作者としての工夫ともいえる。

旅という非日常の経験によって揺さぶられた心は、何を見ても新鮮に感じるが、その視線はまだ対象の内側には届かない。しかし、一時の高揚がおさまって平常心を取り戻した時、〈こころが対象に沈〉み、その本質を摑み取る。

啼く鳩のところさだめて梅雨の日日

『百戸の谿』所収。昭和25（一九五〇）年作。〈盲腸炎手術のため愛宕仮病舎に入院、句友細田壽郎・小澤麻男両医の厚情に旬日を過す〉と前書きする八句中の一句。入院中の句を旅吟というのはいささか無理があるけれど、非日常の時間に身を置くという点では共通するものがある。病室で日を過ごすうち、毎日同じところで鳩が鳴いているのに気づいたのだろう。くぐもったような鳩の声が、梅雨さなかの病中の無聊と倦怠を暗示するようだ。

春めくと雲に舞ふ陽に旅つげり

『百戸の谿』所収。昭和27（一九五二）年作。〈つげり〉は〈継げり〉だろう。〈陽に舞ふ雲〉ではなく〈雲に舞ふ陽〉としたところに、心の弾みが表れている。春を迎えて明るく軽やかな輝きを放つ太陽のもと、旅はさらに続く。同じ年の〈勤めては三月夢のきゆるごとし〉の鬱屈とはまさに対照的だ。

やはり同年作の〈梅雨の川こころ置くべき場とてなし〉の自解（『自選自解　飯田龍太句集』）で龍太は〈勤めの休日にはよく旅をした。主に信州方面で、気の向いたところで一泊した〉と書いている。〈こころ置くべき場とてなし〉という日常から逃れ、違う時間の流れに身をひたす時、閉ざされこわばった心もはばたきはじめるのだろうか。

病草城を訪ひ梅を訪ひ春めく日

『百戸の谿』所収。同年作。自解（同前）によれば、池田の仏国寺で俳句会があった折、近くで日野草城が療養しているのを聞き、細田壽郎とともに見舞いに行った際の句という。意外に遠い道のりに汗ばんで訪ねた草城は、対談の間も〈咳きつづけて、息苦しそうで、気が気ではない〉。そして〈帰路はふたりとも全く無言で道を急いだ〉。〈仏国寺の梅は七分咲きで、見ごろであったように思う〉。その背景を知れば、ほぼ事実そのままを記した句と思われるが、淡々とした調べのなかで、〈春めく日〉と対比された〈病〉の一字が暗く重い。

炎天をいただく嶺の遠き数

『百戸の谿』所収。昭和28（一九五三）年作。〈志賀高原行〉十七句のうちの一句。はるかに連なる山々とその上に広がる真っ青な夏空。前書きがなければ、甲斐での作品として読んでも違和感がなさそうだが、それは作者の視線がこの土地に同化していることの表れでもあるだろう。

遊郭の路広く飛ぶ子と落葉

『童眸』所収。昭和31（一九五六）年作。〈天王寺公園よりジャンジャン横丁といへる界隈を抜けて飛田に出づ〉と前書きする八句のうちの一句。かつて〈飛田遊郭〉と呼ばれた一角だろう。夜と全く違う乾いた表情を見せる昼の遊郭。人通りもなく、だだっ広く感じられる街路を、落葉を舞い上げて風が吹き抜ける。その中で、子どもたちが元気に駆け回っている。遊郭と子どもというそぐわない組み合わせは、やむをえない生活の現実の反映でもある。感傷を排した描写の中、元気な〈飛ぶ子〉にかすかな救いを見ているようだ。

風ぬくし旅半ばより亡き子見ゆ

『童眸』所収。昭和32（一九五七）年作。龍太は前年九月に次女純子を喪っている。やはり昭和32年に北海道を訪れた際に〈サルビヤに死児同齢の列にぎやか〉があるように、旅中にあっても折に触れて子の面影が心を過ぎるのだろう。〈亡き子見ゆ〉という断定からは、記憶の箱の中にしまって終りにすまいという意志が感じられる。〈風ぬくし〉には、亡き子とともに旅をつづけているような、ほのかなぬくもりがある。

春風の果に無言の起伏待つ

『麓の人』所収。昭和38（一九六三）年作。〈長島愛生園〉と前書きする十句のうちの一句。白解（同前）によれば、岡山であった蛇笏の追悼句会に出席した後、〈須並一衛氏の療養する長島を訪れた〉。作品だけを見ても象徴的な味わいが印象的だが、事実を背景に置いて読み返すと、一句はさらに奥行きを増す。蛇笏の〈冷ややかに人住める地の起伏あり〉を踏まえたと考えれば、〈起伏〉は地形を示すだけでなく、そこに暮らす人々を思いやった措辞といえる。〈無言〉に、沈黙をもって語るしかない島の歴史の重みが託されている。

2

目開けば海目つむれば閑古鳥

『麓の人』所収。昭和38年作。〈小樽　山谷山荘〉の前書きがある。目を開けば眼下に海が広がり、目をつむれば郭公の声が耳を打つ。視覚と聴覚が対比されるが、作者の心は閑古鳥の縹渺たる声に傾いているようだ。

家を出てひとうるほへる芒道

『忘音』所収。昭和40（一九六五）年作。〈南ア山麓十谷温泉〉と前書きする。家を出て、芒を揺らす風の中に身を置く。なだらかで気負いのない調べからは、昂ぶりのない静かな視線が感じられる。〈ひと〉は、目にした土地の人であっても、作者自身であってもいい。〈うるほへる〉に一夏の暑を経て秋を迎えた安堵の思いがあるようだ。

「雲母」主宰となった『麓の人』の時期以降、龍太が長期の旅に出ることは減ったような気がする。また、旅での作と思われる句でも、前書きを付けず、ことさら旅吟とうたわない作品も増える。そこには、出会った風物をただちに対象化するのではなく、いったん自分の内に収めた上で見つめ直そうとする意志が窺える。外に対して好奇の目を向けるより、自己の内に沈潜しようとする姿勢は、同時期の諸作とも共通するものがあるだろう。

日 暮 ま で 青 空 消 え ず 秋 の 旅

夕 冷 え の 乱 る る 靴 に 愉 し き 灯

『忘音』所収。昭和41（一九六六）年作。〈句集『手燭』出版記念会のため京都へ〉と前書きする七句のうちの一句。この句の前に〈大原一泊〉として、

夕 冷 え の 乱 る る 靴 に 愉 し き 灯

がある。「秋、風景の旅」という文章の「大原の晩秋」に、出版記念会のあと大原に泊まった日は〈底冷えする日で、夕ぐれ近くひとしきり霰が降った〉とあるので、その翌日の景だろうか。旅にいて眺める空には、自分の住む土地とは異なる表情がある。どの季節にも当てはまるようで、

澄んだ空をイメージさせる〈秋〉が動かない。

春の旅古き手帖の住所録

『春の道』所収。昭和44（一九六九）年作。旅先で旧知の人を訪ねようという気持ちで携えた古い手帖だろうか。〈古き手帖の住所録〉にこもる懐旧の情と人温が、〈春〉の一語としっくりかみ合う。

母情さながら楓古木に粉雪舞ひ

『山の木』所収。昭和46（一九七一）年作。〈京都大原にて〉の前書きがある。葉を落として幹も梢もあらわになった楓の老木。それをつつむように、さらさらと音をたてて粉雪が舞う。先に引いた「大原の晩秋」には、この年の一月末〈大阪の池田市に嫁する長女を伴って京都に一泊。小雪のちらつく大原を再び訪れた。（……）三千院のほとりはひっそりと静まりかえっていた〉とある。〈母情〉の語の背後には、長女の結婚という事実が、かすかなうるおいを帯びて揺曳している ようだ。

五月なほ雪舞ふ国の山ざくら

『山の木』所収。昭和48（一九七三）年作。〈五月〉〈雪〉〈山ざくら〉と、違う季節の季語が重なる。季感を重んじる龍太らしいともいえる異相の作品だが、三つの季語がバランスを保ちつつ北国の遅い春を情感豊かに描き出す。

去年今年航路真下の旅の町

『山の木』所収。昭和50（一九七五）年作。旅先で年を送っているのだろうか。夜空を飛行機の灯がたかだかと渡ってゆく。旅にある作者、遠い土地を目ざす飛行機、過ぎゆく年と迎える年、それぞれが、漂泊の思いを核にして共鳴し合うようだ。

鳴く鹿のこゑのかぎりの山襖

『涼夜』所収。同年作。〈九州えびの高原〉と前書きする五句のうちの一句。〈こゑ〉にあえて〈鳴く〉と加えることで、鹿の映像が立ち上がる。たたなわる山々の虚空に妻恋いの声がこだまする。

湯のなかの二言三言露めく日

同じく。同じ湯につかりながら湯煙の向こうの人とかわすわずかな会話。同行の友か、行きずりの旅人か、〈二言三言〉のあとの豊かな沈黙。

牧水忌島のひとつは秋まつり

『涼夜』所収。昭和51（一九七六）年作。牧水忌は九月十七日。蛇笏と親しかった牧水に対しては、格別の思いが龍太にもあるだろう。旅を愛した牧水に、島のおそらくは素朴な秋祭はまことにふさわしい。祭のにぎわいを囲んでやがて来る冬を予感させる波の音がとどろく。『山の影』にこんな句もある（昭和56年作）。

牧水忌簾越しに秋の岬見え

朝寒や阿蘇天草とわかれ発ち

『涼夜』所収。昭和52（一九七七）年作。〈肥後・天草小旅〉十句の冒頭にある一句。〈あささむ〉〈あそ〉〈あまくさ〉のア音とサ行音の連なりが晩秋の感を深め、〈わかれたち〉の〈ち〉がきっぱりと全体を引き締める。濁音のない爽やかな調べと軽快なリズム、地名から広がる海の藍のイメージが、限りない旅情を誘う。

短日の刃先ころりと真珠生む

前句と同じ旅での句。長崎県大村湾は真珠の産地でもある。〈ころり〉は、メスで開かれたあこや貝から作業台に真珠が落ちる音を表すとともに、真珠が出現した瞬間の驚きを素早く言いとめた言葉だろう。冬の日ざし、刃物の光と、焦点が絞られながら移動する視線のゆきつく先に、真珠の輝きがクローズアップされる。

野分吹く真珠いろなる夢の中

同じく。その夜の夢だろうか。白い光に満ちた夢の内外を野分が吹き抜ける。影もなくとらえどころもない夢と吹き過ぎる風の音との対比が鮮やかだ。

3

長田弘は、「ココーテの導き」（『幼年の色、人生の色』所収）という文章で、〈風景というのは歴史を生きている。（……）そこでなければならない場所に、まったく独特の声があり、ことばがあるのだ〉とアメリカ先住民の詩人ジョイ・ハージョの言葉を引いている。飯田龍太の旅吟には、風景を詠むだけでなく、土地の歴史に思いをはせ、風景の中にひそむ声に耳を傾けたともいえる連作がいくつかある。

「長崎にて」（六句）　昭和55（一九八〇）年作　『今昔』
「高野山にて」（五句）　昭和58（一九八三）年作　『山の影』
「壇の浦・早鞆の瀬戸」（五句）　昭和61（一九八六）年作　『遅速』
長崎の連作（六句）　平成2（一九九〇）年作　『遅速』

土地に刻まれた歴史的事実を踏まえたこれらの作品で、龍太は、一句の独立よりも、風景との対話を優先したように見える。そしてそれらが、平家滅亡、豊臣秀次、島原の乱、原爆という、歴史の犠牲者をめぐる悲劇を詠んだ作である点に、龍太のある志向が窺える。すでに取り上げた「壇の浦・早鞆の瀬戸」以外の作について触れてみたい。

冬の家目つむれば魔の閃光裡

『今昔』所収。〈長崎にて（六句）〉から。長崎について龍太は、平成2年の「長崎、島原を詠む」

で、〈外来文化に接し得る唯一の戸口〉であった点と〈永くつらい殉教の悲劇〉〈原爆の惨禍〉に触れ、〈明媚な風光は旅情に複雑な陰翳を与えて、その印象は到底一口に語れるものではない〉としつつ、一方で〈路地の隅々にまで旅人のこころをやさしく迎え入れてくれる。この風土は、わけても詩歌人にとって、限りなく慕わしい〉と記す。

穏やかな冬日に照らされた眼前の家に、凄まじい核爆発の映像が重ね合わされる。永井隆『長崎の鐘』には、〈すぐ目の前にマグネシウムを爆発させたと思われるばかりの閃光〉、〈真昼間の太陽の明るさ〉が〈ひどく暗いものに感ぜられる〉ほどの輝き、といった証言が紹介されている。一瞬の〈魔の閃光〉によってもたらされた原爆の悲劇は、戦後の日々においても、明るい風景の底にわだかまりつづけたのだ。

草紅葉死の間際まで見えし眼か

一個の核によってすべてが暗転するまで、戦時下の暮らしが続いていたに違いない。生きていた時の映像を留めて、その眼は光と命を永遠に奪われた。

この二句の鑑賞に〈長崎〉の地名は欠かせない。龍太の意志は、一句の自立よりも、風景とそこに生きた人々の記憶を書き留めることに向かうようだ。

返り花和蘭陀遠きゆゑ静か

〈鎖国〉状態の中でわずかに開いた窓である出島。〈遠き〉は、空間的な距離とともに現在からの時間的な距離を示すだろう。〈和蘭陀〉の表記もそれを感じさせる。冬の日ざしのなかに静かに開いた〈返り花〉が、歴史の一頁となった〈和蘭陀〉をあえかに象徴する。

夕冷えの名草自刃の間より見ゆ

『山の影』所収。〈高野山にて〉と前書きする五句のうちの一句。高野山金剛峯寺の柳の間は、秀吉によって関白職を奪われ、高野山に追放された豊臣秀次が切腹したことから〈自刃の間〉と呼ばれる。秀次の死後、その一族も京都三条川原で処刑されている。〈夕冷え〉には、人間を翻弄し死に追いやる政治の非情への戦慄がこもる。

夜も昼も魂さまよへる露のなか

前句に続く一句。秀次のそれに限らず、安住の時と場所を持たない魂は、数限りなくあるに違いない。一面に降りた露のうえを、安らぎを求めて魂は夜も昼もさまよい続けるのだろうか。

「長崎、島原を詠む」という紀行文に収められている十句から、句集には六句が採られている。

冬日和目つむれば臥す故人見え

〈永井隆博士　如己堂〉と前書きする。『長崎の鐘』『この子を残して』で知られる永井博士は、〈放射線医学を学び、その放射線に被爆しながら、負傷者の救護に日夜献身した〉人であり、如己堂は〈市民が博士のために廃材を持ち寄って建てた小部屋一つの家である〉（「長崎、島原を詠む」）。〈故里遠く、旅に病む身にとって、この浦上の里人が皆己のごとくに愛してくださるのがありがたく、この家の名を如己堂と名づけ、絶えず感謝の祈りをささげている〉（永井隆『この子を残して』）。眼前の空虚な部屋に、運命に従いながら己を失わなかったキリスト者の姿が重ねられる。

青空の冬芽死の眼と怨の黙

〈原城址〉の前書きがある。寛永十四年の島原の乱当時すでに〈城址〉だったこの場所に〈三万七千余の農民漁民を主とした一揆が天草四郎という少年信徒を盟主として（……）立て籠り、幕府の大軍に包囲されながら三か月あまりも抗戦し、女子供を含め、ことごとく惨死した〉（飯

田龍太「ふたつの言葉」平成2年）。この戦いを対象とした句には『涼夜』の〈肥後・天草小旅〉（昭和52年）に、

天 草 四 郎 凍 空 に 群 鴉 充 ち

がある。天草四郎と対峙する禍々しい鴉の大群は、あるいは、幕府の軍勢のイメージが潜んでいるだろうか。

生き生きとした〈青空の冬芽〉に、作者は、死者の眼差しと、言葉にし得ない怨念を感じ取る。沈黙することによってしか語り得ない死者の思いに耳を澄まそうとするかのように。

その沈黙

またもとのおのれにもどり夕焼中　　飯田龍太

「雲母」平成4（一九九二）年八月号（終刊号）に発表された「季《とき》の眺め」の冒頭の一句。自ら決意した「雲母」終刊を踏まえた作と考えられる。結社の主宰という立場に伴うさまざまな責任やしがらみから解き放たれ、個または孤に還って生きることへの静かな期待と決意が、美しい夕焼けには感じられる。

同年七月号に掲げられた「『雲母』の終刊について」の末尾近くで龍太は、〈尚、『雲母』終刊後も、俳句から離れるようなことは、私はさらさら考えておりません。むしろ、あらたな決意で句作に励む所存でおります〉〈各地の俳句会や一泊の吟行会等には、私も進んで参加したいと考えております。参加者何百人という句会とちがい、親しく膝を交えた一座の交情には、大きな句会では得られない新鮮さと愉しさがあるのではないかと思います〉と述べる。ここでは、結社の経営や俳壇的な交際から離れ、蛇笏以来の〈人温〉を基底にして、純粋な形で俳句と関わりたいという夢が率直に表明されている。

しかし、この夢が形になることはなかった。結果として龍太は「雲母」に殉じる道を選んだのだった。

現実の問題として、「雲母」主宰という肩書きがとれても〈もとのおのれにもど〉ることは容易ではなかっただろう。「雲母」というくびきを離れた龍太を俳壇やいろいろなメディアが放っておくとは考えられないし、選や原稿などの依頼が殺到したとしても不思議はない。しかし、そうした依頼のすべてにこたえることは不可能だろうし、といってどれかを選んで応じることも簡単ではないだろう。何より、さまざまな依頼にこたえることで、「雲母」終刊が結果的に自身の「雲母」からの解放になってしまうのを、龍太は危惧したのではないだろうか。

「雲母」に集う人々の俳句への志を、龍太は主宰として痛いほど知っていた。やむにやまれぬ選択であったとしても、「雲母」の終刊が、会員にとって生きるよりどころを奪うに等しい行為であることを、龍太自身がよくわかっていたはずだ。

こうした状況を前に結社解散の意味を自らに問い返した時、飯田龍太は、俳人としてではなく、人間としての筋を通そうとしたのではなかったか。〈古くから『雲母』一筋に来られた人々はもとより、生涯の場として『雲母』を選ばれた方達。そしてまた有力な俳人としてめきめき頭角を現した新鋭の諸友。これらすべての人達が突然の終刊をどのように受け止められるだろうか、と考えるとき、私はいまお応えする術を知りません〉(「『雲母』の終刊について」)と書いた龍太にとって、「雲母」終刊と引き換えに作家としての自由を手にすることは、〈『雲母』の伝統的な友愛〉（同）を裏切る行為にほかならなかった。

その意味で、龍太の沈黙は、自己処罰または自己流謫というべきものだった、と思われる。主宰としての責任をいわばなげうった、その罰を自らに科したのではなかったか。

人間である前に、俳人である、あるいは芸術家である、といった生き方も世の中にはあるだろう。しかし、俳人である前に人間であるという立場を貫こうとしたところに蛇笏・龍太をつなぐ倫理性の根がある。

夏羽織俠に指断つ掟あり

終刊号の一連の中で、ヤクザの指つめがむしろ共感を持って表現されているのも、自らの身をもって、俗な言い方をすれば落とし前をつけるという生き方のなかに、潔さ、倫理性を見たからだろう。

遠くまで海揺れてゐる大暑かな

肺活量の大きな伸びやかな自然詠で一連が結ばれる。ここから果たされなかった今後への思いを読み取ることもあるいはできるかもしれないが、今はそうした詮索は措いて、自然のゆったりとした息づかいに作者とともに素直に身を委ねたい。

第Ⅱ部　「雲母」の航跡

蛇笏俳句の神話性——初期の作品をめぐって

1

神話学者ジョーゼフ・キャンベルとジャーナリストのビル・モイヤーズとの対話をまとめた『神話の力』（飛田茂雄訳）の第一章でキャンベルはこんな発言をしている。

（人々はよく、われわれが探し求めているのは生きることの意味だ、と言うが——引用者）人間がほんとうに求めているのは〈いま生きているという経験〉だと私は思います。純粋に物理的な次元における生命経験が自己のもっとも内面的な存在ないし実体に共鳴をもたらすことによって、生きている無上の喜びを実感する。それを求めているのです。

さらに、モイヤーズの「先生は神話の定義を意味の探求から意味の経験にお変えになったわけですね」という問いかけに対して、キャンベルは「生きているという経験です」と答え、あなた自身の意味とは、あなたがそこにいるということです。私たちは外にある目的を達成するためにあれこれやることに慣れ過ぎているものだから、内面的な価値を忘れているのです。〈いま生きている〉という実感に結びついた無上の喜びを忘れている。それこそ人生で最も大切なものなのに。

と語っている。比較神話学者として仏教や日本文化などにも造詣の深いキャンベルのこの発言を、俳句と結びつけて理解しても牽強付会とはいえないだろう。ある対象に触れるという現実の経験を内面化し、言語に定着するという作業を通して〈いま生きている〉ことを実感する。そうした俳句の力を、多くの俳句作者たちは自分の身体感覚として知っていたに違いない。

飯田蛇笏もそのひとりである。彼もまた対象に全身で向き合い、〈自己のもっとも内面的な存在ないし実体に共鳴をもたらす〉した。時に激しく、時に繊細に外界に応える魂をそのまま五七五の形に表現することで、その作品は、一個人の体験を超えた普遍性をもってひとの心に響く。例えば次のような句。

芋の露連山影を正しうす

『山廬集』所収。大正3（一九一四）年作。眼前に広がる芋畑。〈芋の露〉と置くことで、その大きな葉の上に置いた露がクローズアップされる。古来、はかなさや涙の比喩として扱われることが多かった露だが、ここではそうした情緒の湿りを切り捨てた物質としての姿が示される。内側から溢れようとする意欲と外からそれを抑えようとする力との均衡がもたらす緊張を秘めつつまどかに自足する姿が、朝の光のなかに浮かび上がる。

目を上げると、澄んだ大気の彼方に山なみが連なる。〈形〉や〈姿〉ではなく〈影〉と置くことで、陰翳を伴う山々が読者の視覚にくっきりと印象づけられる。〈連山〉のきっぱりした漢語の響き、〈正しうす〉の持つ文語の格調の高さ、そして〈れんざん〉〈かげ〉〈ただしうす〉の濁音が音調を引き締める。作者の理想の投影とも見えるある種の精神性が、ひきしまったリズムに乗って直接感得される。この大景からふたたび冒頭に戻ると、連山の影に負けない存在感をもって芋の露が光を放つ。芋の露と連山の影とが互いに響き合い、波紋を広げながら作り出す小宇宙。

作品のなかで、蛇笏は時に芋の露となり、時に連山となる。ここには、外界の事象に内面の存在が共鳴して生まれた〈いま生きている〉という実感と喜びがある。言葉を換えれば、対象に化し、対象を生きることによって読む者を鼓舞し勇気づける蛇笏俳句の真髄がここにある。

2

蛇笏自身はどのような俳句を目指していたか。

大正7（一九一八）年に発表された「霊的に表現されんとする俳句」（『飯田蛇笏集成第三巻』所収）は、晦渋な文体からその論旨を正確に把握するのは容易ではないが、蛇笏の思いが熱っぽく語られているのは間違いない。ここで蛇笏は、俳句鑑賞においても創作においても、或る作家と或る作家の間には〈著るしい隔たり〉が見出され、表面は同じように〈平静〉な水面でも、その底は〈僅かに浅く湛えられた冬田の水と紺碧の色を帯びて渦巻いた深淵との差〉があり、それが〈思想及能力の隔り〉であると指摘する。そして〈他の文芸界〉を例に、硯友社と比べた国木田独歩の創作態度を、〈其の全自我を傾け尽し現実的精神に立って社会人生の真相を窺わんとした〉と評価する。

また、俳句の鑑賞は音楽の鑑賞と共通するとして、〈音楽は要するにセンシビリテーであって即ち媒介物たる或る音を通じてその指し向くる所の能動的想像若しくは差し向けられたる所動的想像に対して直接に感動を印象する所の感動〉であり、〈低級能力の聴者〉は〈その旋律、階調、節奏等を真に心神にかき抱き感情的霊魂をして感動せしめ純粋に歓喜を歓喜とし悲哀を悲哀として恍惚の状態に到らしむることは出来得ない〉、〈之を指し向けらるるが儘に感動すること十分に咀嚼し得ることは人間の根本的能力に俟たねばならぬ〉と述べている。

そのうえで、〈この人間世界に生存する上に於いて最も尊い仕事の一つ〉である文芸に携わる者として、〈強く現実を観、之れを深く味い、根本的に生存の実を挙げたい信念から常に最善の世界を形作るべく賢明なる努力を持続しなければならぬ〉と、俳句作者としての決意もしくは覚悟を表明している。

俳句の鑑賞を、音楽の例を引いて説明しているのが興味深い。芸術は、解釈という手続きを経て知的に捉えるものではない。作者の感動と作品との間に隙間がなく、作品を聴く＝読むことが作品を理解し、鑑賞することに直結する。実人生の真実に触れた感動が作品となり、作品を読むことで読者は作者の感動にまるごと触れる、それが蛇笏の理想とした境地なのだろう。キャンベルの論に強引に結びつければ、外界の〈生命経験〉によって動かされた自己の〈いま生きている〉という実感に裏打ちされた感動をそのまま読者に伝えること、それが俳人蛇笏の目指したことだといえる。

蛇笏の論の背景には、虚子の主観俳句唱道があり、蛇笏自身の句境も変遷していくけれど、この信念が蛇笏の本質的な志向に根ざしていることは疑えない。

以下、こうした分析は蛇笏の意に添わないであろうことを承知の上で、キャンベルの論や「霊的に表現されんとする俳句」を補助線としながら、蛇笏の初期作品のいくつかを読み解いていきたい。

3

くれなゐのこゝろの闇の冬日かな

『山廬集』所収。明治41（一九〇八）年作。角川源義は〈虚子の引退と学中途にして帰郷せざるを得なかった蛇笏の心境を如実に表現している〉（『飯田蛇笏』）と述べており、そうした〈挫折感〉（小林富司夫『蛇笏百景』）が句の背景にあることは確かのようだ。同時期の

みづどりにさむきこゝろを蔽ひけり

は、〈さむきこゝろ〉に作者の心意は瞭らかだが、〈こゝろの闇〉はさらに抽象性、象徴性が高い。和田知子は〈内へ内への畳み込むようなリズムは、読む者をして、いつか、なまなましくわが心の深みへ降りてゆく感触を誘う〉（『蛇笏憧憬』）と書き、福田甲子雄は〈虚子は俳壇を退く。俳句で生きる決心をした蛇笏の心はまさに闇。都会の真っ赤な冬日がいま沈む〉（『蛇笏・龍太の山河』）と鑑賞している。

〈くれなゐ〉を夕日の色と考えて語順を改めれば、〈くれなゐの冬日のなかのこころの闇〉となるが、そのような外面的な事実と作者の心情の並列に蛇笏が満足することはなかった。三つの〈の〉によって連結された句をなだらかに読み下してしまったあとで、相容れない〈くれなゐ〉〈闇〉〈冬日〉が発する意味の軋みに読者は戸惑う。それはそのまま作者の内面の混沌の反映でもある。血の色でもある〈くれなゐ〉は、作者の鬱屈し内訌する生命の象徴ともいえよう。

山国の虚空日わたる冬至かな

『山廬集』所収。大正4（一九一五）年作。山なみに限られた青空を、太陽が低い軌道を描いて着実に西へ渡っていく。冬とはいえ、思いがけないほど強い光を放ちながら。一陽来復というように、一年のうちで最も昼の時間が短い〈冬至〉は同時に再生の日でもある。この日を境に草木も人間も新しい時の循環を歩み始める。境川村を訪れた時に、寺の境内の賑わいを不思議に思っていると「冬至祭り」だと飯田龍太に教えられたことを小林氏が記しているが（同前）、この日、北半球ではさまざまな儀礼が行われる。この句に描かれる冬至の太陽には、やや大げさにいえば、人類が古代から受け継いできた記憶に基づく、原初の驚きと感動がある。山国の土に根ざし、十とともに生きる人だからこそ感受できた自然の姿である。

秋 の 草 全 く 濡 れ ぬ 山 の 雨

『山廬集』所収。大正12（一九二三）年作。〈ぬ〉はいわゆる完了の助動詞。〈濡れぬ〉を強いて口語訳すれば、〈濡れてしまった〉となるだろうか。雨で草が濡れるのは当たり前という先入観にとらわれていると見過ごしてしまう情景を、作者の目はしっかり捉えた。少し色を変え始めた秋のさまざまな草をしとどに濡らす山の雨。〈全く〉は一つの草のすべてであり、目に入る限りのすべての草でもある。〈秋草の〉とすれば一句はよりなだらかに流れていくが、作者と対象との間に距離が生まれ、句の力は弱まる。〈秋の草〉と置いたことで、作者自身も秋の草と化して濡れそぼっているかのような臨場感が生まれた。対象を離れたところから客観的に眺めるのではなく、対象に化し対象を生きること。それが蛇笏における〈共鳴〉だった。

ひたひたと寒九の水や厨甕

『山廬集』所収。昭和3(一九二八)年作。寒九は寒に入って九日目、一月の半ばごろに当たる。〈ひたひた〉〈みず〉のイ音、〈かんく〉〈くりや〉のカ行音が冷たく引き締まった空気と甕に満たされた水の清浄さを感じさせる。〈ひたひた〉は、甕いっぱいに満たされた水の形容だが、一方で、波や水が寄せてくるさまを表すように、動きを秘めた言葉でもある。静止する水の生命と作者の生命が浸透し合い、静かな波動を生み出す。寒九の一瞬に得た感受を、不要なものはすべて切り捨て、簡明に言葉に定着させた。

4

をりとりてはらりとおもきすすきかな

『山廬集』の昭和5(一九三〇)年に、〈折りとりてはらりとおもき芒かな〉の形で収める。もともと昭和4年の大阪大蓮寺の句会に出句した時は全部平仮名だったものを、一部漢字に改め、最終的には全部平仮名表記に戻された。漢字は、文字を見たとたんにあるイメージが形成されるが、平仮名書きでは、読者は、一文字一文字拾いながら音をたどり、意味を構成し、その上で全体のイメージを描き出さなければならない。〈をりとりてはらりと〉の〈り〉の繰り返しがすすきの物理的な軽さを表すとともに、〈おもきすすき〉の二つの〈き〉が、折り取った薄の予想外の手応えを伝える。山本健吉は〈視覚的な美しさが、すべて重量に換算され、折り取った瞬間のずしりと響くような重さを全身で感じ取ったような感動がある〉〈ここにはただ折り取った一本の薄の、その重みが詠われているに過ぎないが、しかも作者の感動は全身的であり、生命的であり、その一瞬の歓喜は絶対的である〉（『現代俳句』）と書いている。体験の表面的な大小ではなく、それを、自己の全身でどう受け止め、心に響かせたか、によって作品の深さが決まる。ここに表された蛇笏の感動こそ、まさしく神話的といえる。

秋たつや川瀬にまじる風の音

『山廬集』所収。昭和6（一九三一）年作。〈秋来ぬと目にはさやかに見えねども風の音にぞおどろかれぬる　藤原敏行〉の古歌がはるかにひびく。いつも耳にする川瀬の音が、立秋の今日は違って感じられる。よく耳を澄ますと、水音の中に風の音が混じっているようだ。研ぎ澄まされた五官が、自然の微細な移り変わりを捉えた。〈秋たつや〉のきっぱりした響きに呼応するように、〈かわせ〉〈かぜ〉の頭韻が一句全体を引き締める。中七下五の4・3・3・2と次第に細かく刻まれるリズムの急調子が瀬音の激しさを伝える。暦の上のある一日を詠んだだけの句でも、鋭敏な聴覚を誇る句でもない。外界の変化に共鳴した作者の生命が〈秋〉を発見したのだ。

くろがねの秋の風鈴鳴りにけり

『霊芝』所収。昭和7（一九三二）年作。俳句の解説書には、しばしば口語訳とか評釈と称されるものが載っているが、この作品ほど、そうした散文化の空しさを実感させる句もない。必要最小限の語彙によって構成されるとともに、どんな言葉を付け加えることもできない、俳句表現の究極の形といってもいい。鑑賞のための言葉を連ねれば連ねるほど、句の良さを損なってしまうような作品である。そうしたぎりぎりの表現という点では、

一月の川一月の谷の中　飯田龍太

とも共通する。

〈くろがねの〉の句が、一切の散文化を拒みながら読者を打つ理由の一つは、全体の音調にある。ウ音とオ音が重々しい上五から、きっぱりとした響きの〈秋〉を経て、三つ含まれる〈り〉が軽やかに風鈴の響きを伝える後半へと、季節の空気をそのまま音声化したような流れは、間然するところがない。作者の感受が間髪を容れずに形となったような一分の隙もない表現は、「霊的に表現されんとする俳句」に見られる蛇笏の理想の具現化ともいえる。何気ない日常生活の一コマが〈いま生きているという実感〉に結びつく、という点でも、蛇笏俳句の一典型といえる。

雪山を匐ひまはりゐる谺かな

『霊芝』所収。昭和11(一九三六)年作。自註で作者は、猟師が銃弾を放った〈轟然たる音響が、谺となって、おどろくべき長い間、積雪の上を岳腹から岳腹へと匐いまわっているのである〉(「白選自註五十句抄」)と書く。〈匐ひまはりゐる〉は、一見間延びしているようで、谺が山腹から山腹へといつまでも響き渡っているさまを的確に示す。分類すれば一応擬人法ということになるが、読者にそれと意識させせない。作者の感受と表現の間に隙間があれば、レトリックは技巧に堕し、作者のしたり顔が見えてしまう。この〈匐ひまはりゐる〉はそのようなものではない。作者自身が谺と化して雪の上を転げ回っているような迫力がある。この句もまた〈対象を生きた〉作品である。

以上、一般的な意味合いからはずれることを承知の上で、〈神話性〉という観点から、蛇笏俳句の魅力を探ってみた。もちろん、蛇笏の作品はここに挙げた傾向にとどまらず、多様性に富み、人間くささにあふれている。しかし、蛇笏俳句の持つ異様な感銘の根本には、外界と全身的に共鳴し、対象に化し対象を生きるという姿勢があるのは確かであると考える。

飯田蛇笏の月

冬尽きて曠野の月はなほ遠き

昭和15（一九四〇）年四月から一か月余り、蛇笏は朝鮮半島から中国大陸北部を旅行し、京城・哈爾賓・奉天・北京などを回っている。

蛇笏の真骨頂が家郷の大地に深く根を下ろした句にあることは間違いない。しかし、ホームグラウンドを離れた蛇笏は好奇心旺盛で、この旅でも〈トロイカ〉〈キャラバン〉〈胡弓〉〈鴉片窟〉などの珍しい題材を積極的に取り上げている。成功した作品ばかりではないが、〈風土〉とか〈土着〉といった言葉ではくくりきれない蛇笏の世界の広がりを見ることができる。

この句は、「大陸羈旅句抄」（『白嶽』所収）のうちの一句で、〈春耕の鞭に月まひ風ふけり〉などとともに、「満州曠野」と題された一連の中にあるが、やはり、都会的な風景よりも、厳しい自然とそこでの生活に対する時、対象への蛇笏の共感はより深いようだ。ここでも通り過ぎる旅人の目とは異質の、その土地に生きる者と同化した視線が感じられる。〈なほ遠き〉という距離感の表現には、長い冬が終わっても気を緩めることのできないもどかしさと、本当の春を待望する祈りにも似た気持ちが込められている。

閨怨のまなじり幽し野火の月

漢詩ではおなじみの〈閨怨〉という主題を蛇笏流に料理した一句（作句の実際からいえば、〈野火の月〉を発想の核として構想されたのだろうが）。夫と遠く隔てられた妻の内面を〈野火の月〉が象徴する。〈野火〉の炎が激しい恋情を暗示するとともに、〈月〉ははるかなものへの想いをさそう。さらに〈まなじり幽し〉が観念に実体を与え、女のうち沈んだ表情を、一点に絞って描き出した。背景を黒々と塗りつぶす闇も見逃せない。映画の印象的な一場面のように、光と影が交錯する中に、〈閨怨〉の情趣を定着させた作品といえる。

この句にある種の通俗性が感じられるとすれば、〈まなじり幽し〉〈野火〉〈月〉といった〈閨怨〉に通じる道具立てが揃いすぎ、いわば〈いいおほせて〉いるという印象を受けるためだろう。しかし、それは同時に、蛇笏の体内に流れる浪漫性を示すものともいえる。堂々たる自然詠の一方で、こうした句を作る蛇笏の振幅は興味ぶかい。

内に秘めた思慕に身を焦がしつつ野火を眺める女の顔は、早春の月に照らされてさえざえと美しい。

大正4（一九一五）年作。『山廬集』に収める。

楡青葉窓幽うして月も病む

自然は人の心の状態に応じてさまざまな表情を見せる。それは必ずしも主観によって自然を染め上げることを意味しない。感情のフィルターを通してしか捉ええない自然の真実もあるはずだ。さかんな生命力のかげにある陰鬱な何ものかの気配に触れたこの句のように。

昭和16（一九四一）年六月、蛇笏の次男数馬が亡くなる。〈楡青葉〉の句を含む「病院と死」（『白嶽』所収）は、数馬の死の前後を詠んだ七十五句からなる。

入院す吾子をたすけて弥生尽
夏真昼死は半眼に人をみる
梅雨さむく吾子の手弥陀にゆだねけり
骨壺をすゑて故山の梅雨あかり

時間の経過を追って配列された一句一句は、わが子への鎮魂の思いに貫かれている。〈楡青葉〉の句には、病篤いわが子を看取る父の暗澹たる心情が捉えた自然の姿があるだろう。

「病院と死」に付された詞書〈詠むにたへず詠まざらんとしてもまた得ず生涯をただこの詩に賭する身の、之れをわが亡子数馬の霊にささぐ〉は、俳人としての業の深さを感じさせるとともに、俳句を通して自然を見つめることが蛇笏の魂の救いとなっていたことを改めてうかがわせる。

河童《かはつぱ》の恋路に月の薔薇ちれる

昭和9（一九三四）年の「俳句研究」八月号に「河童供養――澄江堂我鬼の霊に――」として発表された一連の中の一句で、後に『霊芝』に収められた。

蛇笏は、昭和2（一九二七）年七月二十四日の我鬼芥川龍之介の自死の直後に

たましひのたとへば秋のほたるかな

を作っているが、

河童に梅天の亡龍之介

に始まるこの一連では、芥川の好んだ河童を主人公に、蛇笏風の幻想世界を織り上げている。ただし、芥川晩年の小説「河童」に見られる、近代人の虚無や絶望に裏打ちされた風刺の毒はここにはない。それとは対照的に

ほたる火を唫みてきたる河童子

濠の月青バスに乗る河童かな

など、童画的なたのしさにあふれた句がならぶ。月下の濠を走る河童の国の青バスは、『となりのトトロ』に登場する猫バスみたいに、不思議さと懐かしさのまざった乗り物のような気もする。

掲出の句には、

河童《かはたろ》の恋する宿や夏の月　蕪村

をもう少しモダンに明るくした雰囲気がある。恋に浮かれた河童がたどる夜道を月がほのぼのと照らしだす。はらはらと散る薔薇が占う恋の行方は、吉凶どちらだろうか。

三伏の月の穢に鳴くあら鵜かな

常識的な観念が月に期待するのは、地上の汚濁を浄化するような清澄な光だろう。たとえば蛇笏の次の句のように。

ひえびえと鵜川の月の巌かな　『山廬集』

月光のしたゝりかゝる鵜籠かな　『山響集』

この二句の月は美しい。しかし、その美しさは伝統的な美意識の延長線上にある、ともいえる。〈月の穢〉は安易な常識を覆す。それが単なる表現の奇矯に終わらない異様な迫力を持つのは、自分の感受を信じ、それにゆるぎない表現を与えることに賭けた蛇笏の、個性に裏打ちされた確かな把握があるからだ。

辞書の上では〈穢〉は〈浄〉の対極にあって、ケガレ・邪悪の意味がある。だが、〈浄〉も内に含んだ混沌、それがここでの〈穢〉ではないだろうか。極暑の夜の月が放つ荒々しいエネルギー。それが、鵜の体内にある野生の猛々しさを誘い出す。

大正六（一九一七）年作。『山廬集』に収める。蛇笏三十三歳、自然に正面から立ち向かい、その真髄を素手でつかみ取ったような、壮年の気力みなぎる一句である。

新月の環のりんりんとつゆげしき

『春蘭』所収。昭和18（一九四三）年作。なお、『心像』には中七〈環の凜々と〉の形で、「新月賦」と題する一連の冒頭に置かれる。

「新月賦」に

三日月に草川ふかく幽みけり

があるように、この〈新月〉は三日月をさす。一つの対象にいくつかの呼び名がある場合、そのどれを採るかは難しい選択だが、〈新月〉の句も〈三日月〉の句も、漢語と和語それぞれの響きをうまく生かして作られているのがわかる。ことに〈新月〉の句では、〈新〉〈りんりん〉〈つゆげしき〉のイ音の連なりが一句の調べを引き締め、格調を高めている。

あたりの暮色が深まるにつれて、西の空に低くかかった細い月が光を強める。涼やかに澄んだ〈りんりん〉の響きはどこか毅然としたものを感じさせる。満月の豊かな光と違い、おのれだけを照らす光だ。地上の草木にびっしりと置いた夕露に月の光は届かないかもしれない。しかし、どこか深いところでお互いに呼び合っているような気がする。

〈新月〉では次の句も忘れがたい。ミレーの絵にでもありそうな、やさしく生活感のこもった作品である。

新月に牧笛をふくわらべかな　『山廬集』

明治以降、昼間働く人々が実用的な学問を修めるための場として、公的私的さまざまな夜間学校が設置された。それは、人々の知的欲求に応えるとともに、政府の近代化政策に沿った制度でもあった。

大峰の月に帰るや夜学人

実際には季節を問わない〈夜学〉が秋の季語と定められたのは、〈燈火親しむ〉からの連想だろうか。政策的意図や社会的背景はどうあれ、さまざまな事情のもとに人々が集い、夜間学ぶいとなみの持つひたむきさやせつなさやすがすがしさには、やはり秋がもっともふさわしいようだ。

この句の〈夜学人〉もそうしたイメージをまとっている。昼間のおそらくは激しい労働に疲れ切った身体を運んで講義を受けたその帰り道だろうか。いっしんに学んだあとの頭のほてりを鎮めるように、澄んだ月の光が彼を照らす。そして近々とどっしり聳える山の影。小さくけなげな人の営為を自然が包み込む。山や月と一緒に作者も彼の家路を見守っているようだ。

大正2（一九一三）年作。「ホトトギス」大正3年一月号の虚子選雑詠第二席に入った中の一句である。『山廬集』に収める。

深山空満月いでてやはらかき

大正5（一九一六）年、三十一歳の折の句に

詩にすがるわが念力や月の秋　『山廬集』

があって、そのころの蛇笏の俳句に賭ける心情をよく伝えている。前々年に〈芋の露〉の句で「ホトトギス」巻頭を飾り、前年からは「キララ」の雑詠選を担当するなど、山廬に腰を据え本格的に俳句に取り組む姿勢がはっきり形となって現れた時期の気負いや昂ぶり。蛇笏の数々の名句は、この〈詩にすがる〉〈念力〉によって生み出されたともいえる。

一方、掲出句は四十五年後の昭和36（一九六一）年、七十六歳の時の作品で、『椿花集』に収める。

長い歳月の道のりを経たあとに作られた〈深山空〉には、かつてのどこかせっぱつまったような気負いは見られない。曇りのない眼が月を〈やはらか〉ととらえた、その一瞬の印象が表現としてそのまま定着されている。自然と向き合った時に見えたものを、余計なはからいを捨てて素直に言いとめようとしているようだ。山中に定住する作者が日々見つめてきた空を背景に、生ま

れたばかりの満月が放つみずみずしく柔らかい光は、晩年の作者の心境の反映でもあるだろうか。

寒の月白炎曳いて山をいづ

『家郷の霧』所収。昭和28（一九五三）年作。

自然を凝視しつづけたその果てに心眼がとらえたものをゆるぎない表現に定着させた一句といえる。

くろぐろと聳えたつ山の後ろの空がほの明るくなり、冬の月が顔をのぞかせる。しだいにその形をはっきりさせてきた天体は、やがて完璧な満月となって山の端を離れる。月が全身を現した刹那、冷たく白い炎が雪に覆われた山々を照らしだす。

〈寒の月〉の句に先行する作品として、

月の面にいぶく青炎秋に入る　『雪峡』

がある。昭和25（一九五〇）年に作られたこの作品では、暑熱の余韻のなか清爽の季節に入ろうとする月の姿を〈いぶく青炎〉が感覚的にとらえている。この〈青炎〉から〈白炎〉への移行は、季節の違いにとどまらず、より厳しい把握と表現を求める作者の観照の深まりを示すものだろう。

〈青炎〉や〈白炎〉は単なる誇張や技巧ではない。自分がたしかに感じたことを紛れなく言い止めようとする努力がついに探しあてた、作者渾身の表現である。

寒を盈つ月金剛のみどりかな

緑色の月などあるのか、と問いかけてもあまり意味はない。作者が表現しようとしたのは、〈金剛のみどり〉としか言いようのない月であり、それは緑色の月などと言い換えることを許さないものだ。

たとえば〈金剛石〉のつよさ透明さ。たとえば〈みどり〉という彩りの豊かさ柔らかさ。内にやすらぎを保ちつつ、周囲の凜烈たる寒気に対峙してまどかな光をはなつ月の姿が浮かぶ。〈冷たく厳しいもの〉という寒月の通念とは一致しないかもしれないが、たしかな手応えをもつ世界がここにはある。川端茅舎が〈金剛〉という一見相反する概念と結びつけることによって常識を超えた露の実相を示したように。

このような句を見ると、俳句における表現とは、現実の単なる再現ではなく、作者の直観がとらえた世界を言葉によって新たに創造することなのだと思い知らされる。その時に必要なのは、通念や伝統への顧慮ではなく、自己の感覚に対する揺るぎない信頼だろう。

『山響集』所収。昭和12（一九三七）年作。〈山廬寒夜句三昧〉の前書きがある。昭和31（一九五六）年に作られた春の句との把握の違いも興味深い。

芽木林月の緑光ただよへり　『椿花集』

ある夜月に富士大形の寒さかな

『山廬集』所収。大正3（一九一四）年作。

「山岳礼賛」と題された自句自解によると、富士吉田での作という。作者自身〈大時代めいた〉と認めるように古風だが、古臭くはない。大らかな詠みぶりが、月明に聳える富士への手放しの讃歌を歌い上げる。

いわゆる名所を対象とした句では、作者と読者の先入観が、虚心な句作や鑑賞をしばしば妨げる。〈霧しぐれ富士を見ぬ日ぞ面白き〉で芭蕉は、〈富士＝名所〉という意識を逆手にとり、対象の姿を句の表面から隠すことで手垢のついた名所俳句となるのを避けたが、富士に対するある種の観念抜きには成立しない句であるともいえる。

三十歳の蛇笏は富士に真正面から挑んだ。掲出の句に富士山への先入観は不要だ。仮に何の予備知識もなく接しても、この句から富士山の偉容を思い描くことができるだろう。〈ある夜〉は無造作に置かれたようで、富士を見慣れている者の視線を感じさせる措辞だ。月光の中に浮かび上がる富士が、慣れ親しんだ昼の姿とは違う、思いがけない大きさで迫る。月がすべてを一変させたのだ。〈寒さ〉が、肌に感じる寒さとともに、対象と一体となった作者の魂のおののきを感じさせる。

月いよ〳〵大空わたる焼野かな

『山廬集』所収。大正8（一九一九）年作。大正四年から末年の蛇笏を評して、福田甲子雄は〈主観的発想が遠のき〉、〈自然諷詠の中に荘厳にして重厚なる蛇笏調俳句が芽を伸ばしていく〉（『飯田蛇笏』）と述べている、ちょうどそのころの作品である。

野焼は農耕・牧畜において大事な意味を持つが、同時に、『伊勢物語』の〈武蔵野は今日はな焼きそ若草の妻もこもれりわれもこもれり〉といった歌につながる古代の民俗の面影があって、蛇笏も

古き世の火の色動く野焼かな

を大正2（一九一三）年に作っている。野焼に古代のロマン（?）を見た〈古き世の〉から大景を真正面から見据えた〈月いよ〳〵〉への転換は、蛇笏の作句姿勢の変化に対応するといえるかもしれない。

死と再生を内に秘めた野焼は、冬の終わりと春の始まりを告げる行事でもある。大空と、燃えさかった炎も収まり眠りについた焼野。ゆっくりと上った満月が、広大な空間を悠然と横切ってゆく。

〈いよ〳〵〉は、〈大空わたる〉を修飾するだけでなく、〈いよいよ春〉という思いをひそめているようだ。新しい季節に向けて生命を準備する焼野を、今、月の光がやさしく包み込む。

廣瀬直人における写生

1

廣瀬直人の俳句について、その柔らかさや温かさがしばしば語られる。「俳句」平成7（一九九五）年七月号の『遍照』特集でも、直人俳句について、〈人里の暖かさ、懐かしさ〉（大屋達治）、〈温かくて優しい眼差し〉（齊藤美規）といった指摘が目につくが、これは、第一句集以来変わらない特色といえるだろう。

こうした印象をもたらす要因のひとつに、その表現がある。厳密な統計を取ったわけではないが、廣瀬直人の句には、比較的切字が少なく、動詞が多い、という傾向があるように思われる。

柚子匂ふ日向の農夫こちら見る　『帰路』
稲稔りゆつくり曇る山の国　同

のように、一句のなかに複数の動詞のある句も少なくない。

動詞はその中に時間の経過を含むことが多い。俳句という詩型が一瞬をとらえる際に力を発揮すると考えれば、一句の中に複数の動詞が併存するのは、作品の骨格を脆弱にするおそれがある、といえそうだ。しかし、これらの句にそうした弱さは感じられない。

いずれの句も、ふたつの動詞がそれぞれ異なった時間の経過を反映している。前句では、〈こちら見る〉という動作が〈柚子匂ふ〉日向の穏やかな時間の流れを断ち切ることで、〈農夫〉に見られた作者の微妙な心理のゆれを写し取る。後句の場合、〈ゆつくり曇る〉天候の変化と、稲が稔るまでの長い時間の積み重ねといった時の流れ一切を、〈山の国〉が包み込む。

ここでは、二つの動詞によっても一句の骨格の確かさは損なわれていない。作者は動詞を巧みに用いた柔らかい表現により、時間の経過をいわば写生しているのである。

2

廣瀬直人の作風について大岡信は、〈どこまでも地道について、ひたすら一歩一歩踏みしめながら、確かに目に見えるものだけを相手にしつつ、目に見えない境にじわじわと近づいていこうという行き方〉〈ひたすら眼前の自然を押しに押してその窓を開かせようという正攻法〉〈同じ甲州出身の力士富士桜を思い出す――引用者〉廣瀬直人の句はもっと速力はおとして、その代わりにもっと重く、自然の胸をどすんどすんと押そうとしている〉(『現代俳句全集　六』「自然を押してその窓を開く」〉と書く。

この評言は、対象を正確にとらえつつ、句の表面に見えるものとしては、凝視の厳しさよりも、ゆったりとした気息を感じさせる廣瀬直人の作風を、正しく言い当てている。

大岡信は、〈写生句というものが、それを押しに押していくとおのずと自然・自己一元の滋味をたたえるようになるのは、過去の俳人たちの実績に照らしてもたしかなことであって、廣瀬直人のめざすところもまたその方向であろう〉とも記していて、〈写生〉に直人俳句の真髄を見ていることが窺える。

一口に〈写生〉といっても、〈甘草の芽のとび〳〵のひとならび　素十〉のように静止した対象を静的にとらえた句、〈流れゆく大根の葉の早さかな　虚子〉のように動く対象を時間のある一点で切り取った句などさまざまな相がある。

廣瀬直人においても、

一閃の白波を恋ひ草紅葉　『日の鳥』
鉄塔と出会ひがしらの大暑かな　同

のように、一瞬の印象を定着させた句もあるが、その写生句を特徴づけているのは、むしろ、動きを動きのまま目をそらさずとらえて表現した句だろう。先に挙げた二句にもそうした写生の目が働いている。

作品に触れて考えてみたい。

3

蛇笏忌の赤土踏まれ踏まれ暮る　『帰路』

〈蛇笏先生二周忌の集ひ　二句〉のうちの一句。5・4・3・3・2と次第に細かく刻まれてゆくことばのリズムによって、秋の日中から日暮に至る時間の流れが捉えられる。蛇笏忌に集まる多くの人々に踏まれる赤土から目を離さず、しかもその執拗な視線を意識させない。

単車現れ歳晩の村目指す　『日の鳥』

〈単車〉〈歳晩の村〉から客観的事実は一応わかるが、〈現れ〉と置くことで、単車に気づいてその動きを追う作者の視線が示され、一句の輪郭がより鮮明になる。それによって単車に実在感が生まれ、村につづく道に広がる歳晩の静けさとの対比が確かなものとして迫ってくる。

足音のひたひた戻る雷のあと　『朝の川』

激しい雷雨の通り過ぎたあとの静寂。足音が小走りに戻ってくるのが聞こえる。雷鳴がとどろく間、心を占めていた不安が、雨に濡れた地面を〈ひたひた戻る〉足音によって安堵に変わる。

心情の表出を極力抑え、語の選択に細心の注意を払いながら事実の描写に徹することで、言葉のうしろにある内面の動きが伝わる。

千万の波に生まれて南風吹く　『遍照』

南風が波を生むのではなく、波に生まれるという把握に、〈千万〉という具体的描写がリアリティを与えた。きらめく波を一面に湛えた海に、夏を迎えた喜びが感じられる。

煮え立ちてはるけき色の薺粥

「俳句」平成8（一九九六）年一月号に発表され、後に『矢竹』所収。

一句の焦点は、〈薺粥〉に〈はるけき色〉を見たところにある。しかし、〈はるけき色の薺粥〉と言い得たことで満足せず、さらに対象を見続ける姿勢が〈煮え立ちて〉という措辞を生み、飛躍した感受をより手応えのあるものにした。

4

対象へのねんごろな視線が小世界を創造して一つの頂点に達したのが、

正月の雪真清水の中に落つ　『日の鳥』

だろう。もし〈正月の雪〉と〈清水〉の配合だけにとどまっていたなら、清浄さや神々しさの観念的な表出に終わったかもしれない。しかし、雪片が水に届くまでの動きを追って〈中に落つ〉と描写したことで臨場感が生まれ、さらに単なる〈清水〉ではなくあえて〈真清水〉と言い切ることで、一句は具象性と象徴性を併せ持つことになった。飯田龍太が〈「正月の雪」というたいへん鮮明な風景が意外に一作のなかでは謙虚に存在して見える〉（「雲母」昭和47年三月号『俳句鑑賞読本』所収）と評するのも、〈真清水〉が〈正月の雪〉と拮抗する重みをもって一句の中に根を下ろしているからだろう。龍太はそれに続けて、〈写生の骨髄を示した作と評してもいいが、単に描写といい捨てるには作者の眼の光があまりにも鋭い感じである〉と、対象に向かってひたむきに迫る作者の姿勢に注目している。

これは、第一句集『帰路』の序「真竹のいろ」で述べられたこととまっすぐつながる。龍太はそこで、著者にとって〈俳句が日常の肌着のような気分になって〉いると書き、〈おのずからそこ〈有季定型――引用者〉に落ち着くまでにかくれた表現の工夫をする〉、〈十年前も、あるいは二十年前も、肌着の意匠を変えない。ずっと木綿の品を用いている〉という特色を挙げるとともに、〈俳句に対するきびしい姿勢〉〈一句の完成に賭ける自省の深さと確かさ〉を指摘している。

さりげなく見える写生句も、細かく検討すればさまざまな表現上の配慮が見えてくる。

その配慮は、こうした、俳句が作者の自然な気息を無理なく伝えるようになるまでの修練と、苦渋のあとをとどめない平明な表現に至る工夫の積み重ねによって裏打ちされている。変わらぬ〈懐かしさ〉〈優しい眼差し〉もまた、この〈きびしい姿勢〉の所産なのである。

『矢竹』の世界

廣瀬直人の第五句集『矢竹』は、平成7（一九九五）年から平成13（二〇〇一）年までの三七六句を収め、今年（二〇〇二年）八月に刊行された。読後、三つの点が印象に残る。

まず、風土への思いが深まり、人間への温かい視線が感じられること。

次に、季語の把握が精妙になり、ことに配合の句において奥行きのある世界が形作られていること。

そして、直人俳句の根幹をなすといっていい写生が深化したこと。

以前から廣瀬直人の作品に指摘されてきた特質が、『矢竹』では、さらに一歩進んだ境地に踏み出したように思われる。

1

山国にがらんと住みて年用意　平7

句集冒頭の一句。〈がらんと〉は、〈住みて〉の形容というより、作者の抱く山国のイメージを端的に伝える言葉と考えたい。四方を山に囲まれることで、かえって頭上に広がる空間が空間として意識される。さえざえと澄んだ空気が青空へ続き、地上では新年を迎える準備が進む。風土とそこに定住するものの営みが、言葉の微妙な作用によって無理なく溶け合っている。

数へ日や北の柱の竈神　平7
餅搗きの音産土へ墓原へ　同

土地に根を下ろし、その土地の風物に眼をこらしていると、おのずと見えてくるものがある。それを、土着や土俗といった語で片付けることはたやすいが、作者にそうした意識はないだろう。〈竈神〉も〈産土〉も新奇な素材としてではなく、定住する者の日々の暮らしに寄り添うものとして、一句の中で自然に息づいている。

こうした土地の風物への懇ろな視線は、そこに生きる者への、さらには、人間一般への慈しみへと向かうだろう。

麦の秋目覚めの痰を切る音も　平7

異色な対象を詠みながら露悪趣味に陥らないのは、〈麦の秋〉の一種荒々しい季節感が、〈痰を切る音〉に拮抗して一句を支えているからだ。ここには、自然の風物と同じように、好悪を超えて人の営みを見据える視線がある。

涼しさに言葉始まる赤ん坊　平11

人は言葉を持つことによって人間になる。〈涼しさ〉には、〈赤ん坊〉への慈愛とともに、〈言葉〉が人間にとって持つ意味を改めて認識した、爽やかな驚きがある。

2

公園へ鎖跨いで終戦日　平13

鎖を跨いで公園に入ることと〈終戦日〉とは無関係のように見えながら、どこか深いところでつながっているのが感得される。自転車やバイクを進入させないためか、あるいは早朝のためか、公園の入口に鎖が渡されている、鎖をまたいで静まり返った八月の公園に入ってゆく動作には、かすかな違背の感覚を伴った緊張感がある。

日常のなにげない動作の中に潜ませることによって、かろうじて言葉に定着できる終戦日への痛切な思い。語らないことによって、伝えるのを断念することによって、ようやく表現の形をとることのできる思いがここにはある。

稜線に楠抜きん出て恵方なり　平13

山の端を縁取る木々の中で、ひときわ高く聳える一本の楠。大きく枝を張った常緑樹の姿が、くっきりと目に映る。〈恵方〉という、習俗の陰翳をまといながら、はるかなものへののびやかな視線を感じさせる季語の力によって、見慣れた風景が新たな輪郭を得て迫ってくる。

鶯や刀身先へ先へ反り　平13

〈先へ〉の繰り返しによって、刀の先端に向かってゆっくりと視線が移動するさまが描かれる。視覚に集中した中七下五に、駘蕩とした鶯の声を配することで、刀身の光が鮮やかに見えてくる。季語と配合するものとの距離感の絶妙さにかかわらず、巧みさを意識させないのは、対象を全身でつかもうとする姿勢が根本にあるからに違いない。

3

はじかれて竹刀ころがる初稽古　平8

燻つて根つ子匂へり春隣　平11

前句では、背景を省略して竹刀の動きだけを追うことで、躍動する場面を鮮やかに写し取った。

〈はじかれて〉という描写が一句に臨場感を与え、勝負がついたあとに訪れた一瞬の静寂が耳を打つ。後句では、死と眠りの季節から生と目覚めの季節への変化を、倒木の根だろうか、それがくすぶる匂いに焦点を当てて描きだした。無造作に置かれたようにも見える〈燻つて〉が拵えごとではない生々しさを感じさせる。

日の渡るときは紅透く黒葡萄　平11

直人俳句の本領は、対象から目をそらさず、その本質をつかむまで見つめた作品においてもっともよく発揮される。〈日の渡るときは紅透く〉は、日常の暮しのなかで時間をかけて対象と向き合った結果生まれた発見だろう。発想の契機は風土に根ざしながら、風土から自立した普遍性を持つ一句といえる。〈白牡丹といふといへども紅ほのか〉を思い起こさせるが、小さな発見に興じてみせた虚子に対し、こちらは対象に正面からぶつかってゆく気魄に満ちている。

太陽の落ち込んでゆく真葛原　平13

現象を指し示すだけなら〈入日〉でも〈落日〉でもいい。しかしそれでは、日が沈んでゆくのをじっと眺めている時間は表現できない。〈太陽の落ち込んでゆく〉と時間のうねりをゆったりとした表現のリズムに乗せることで、日没を凝視する時の経過が表される。じっくりと対象に肉薄してゆく廣瀬直人の方法が結実した一句といえるだろう。

『風の空』の一句

青空の南に日ある斑雪かな

風。雨。太陽。それらは常に新しく、同じ風が吹くこと、同じ雨が降ること、同じ太陽が昇ることは二度とない。にもかかわらず、わたしたちはしばしばそれを忘れてしまう。眼にした自然のうつくしさを、〈風〉〈雨〉〈太陽〉ということばの枠に収めてしまい、五官に伝わるとおりに、自分の身体で受け止めようとしない。『風の空』の諸作は、自然に対するわたしたちの感覚を呼び覚まし、見慣れたと思い込んでいる自然の姿に改めて眼を開かせてくれる。

初めて真昼の太陽を見た人のような新鮮な驚きが〈青空の南に日ある〉にはある。自然を概念ではなく自分の肉体を通して把握しようとする人だけにもたらされる発見を〈斑雪〉の一語がしっかりと支える。春先の空に輝く日が照らす斑雪のまぶしさ。季語の選択を誤れば単なる気の利いた言い換えに終わっていたかもしれない表現が、確かな実感をもって一句に定着されている。

『仙丈』小論

句集『仙丈』において、三森鉄治氏は、一回限りの事物との出会いを、かけがえのないものとして俳句表現に定着させることに全霊を傾けているようだ。〈一期一会〉ということばの本質にある生への覚悟というべきものが、『仙丈』の一句一句を貫き、その格調とみずみずしい感受を支えている。『仙丈』の広大な世界の一端を、力の及ぶ限り素描してみたい。

1

『仙丈』には、筆者が吟行をともにし、作品誕生の現場に立ち会う機会に恵まれた句がいくつかある。例えば、

街路樹に方寸の土冬萌ゆる　平12
梅雨冷や舌に朱のこる餓鬼草紙　同

橋脚に日の縞うねり蕪村の忌　平13

海へ出る船に小春の橋いくつ　同

誇張や虚構を排し、眼前の対象に寄り添うように生まれた作品からは、自分が見、感じたことを愚直に表現することが俳句だと思い定めた作者の志が窺える。どの句においても、作者は、季語を武器に対象に迫り、対象の内側から感じ取ろうとする。

周囲を石で固められた街路樹に許された〈方寸〉の土。わずかに遺された自然を頼みとして春に向かって生きる命の息吹を、〈冬萌ゆる〉が確かな形にした。

展示ケースの中の餓鬼草紙の舌になまなましく残る朱の色。風化することのない凄惨な現実と人間の業に打たれた作者の痛切な思いが〈梅雨冷〉に凝縮される。

街川にかかる橋のコンクリートの橋脚に冬の日ざしが反射し、ゆらめく。いつの時代も、川は太陽を照り返し、流れ続けてきた。現代の都市風景に〈蕪村の忌〉を重ねることで、時代を超えた感慨が表現される。

川面に浮かぶ船を見るうち、いつか作者も、海へ下ってゆくものの視点でその先の航路に思いを馳せる。これからくぐる橋のひとつひとつを思い描く心の弾みを〈小春〉の日ざしが包み込む。

外から眺めるだけでなく、対象の内側から描こうとする姿勢は、句に奥行きと現実感をもたらす。明快な描写でありながら、それだけにとどまらない深さがそこに生まれる。

2

事物との出会いを大切にするとは、対象から目をそらさず、しっかり見つめることにほかならない。言い換えれば、過剰な思い入れもことばに余計な負担をかけることもなく、事物とまっすぐ誠実に向き合うことだ。

てのひらの水撥ね上げて蝌蚪うごく　平10〜11
藻に触れて泡とき放つ金魚かな　同
鴨の潜りて楠の花こぼす　平14

揺るぎない手腕で微細な対象が鮮やかに描き出される時、自然の豊かさは物理的な大きさとは別のものであると気づかされる。てのひらにすくいとったおたまじゃくしも、水槽のなかの金魚も、楠の花をこぼした鴨も、季節という大いなるものに包含されていきいきと生動している。

一方で、大きな対象を、その大きさに即して描き出すのも『仙丈』の魅力である。特に故郷の山河に向かった時、作者の本質にある抒情性が素直に流露し、のびやかなロマンが生まれる。鉄治氏もまた甲州の輩出した先人の系譜に連なる俳人なのだ。

峻嶺のそれぞれに空冬近し　平12

夜は遠き山より満ちて雛祭　平13
夏至近し芋蔓雲へ伸び上がり　平15

故郷の自然と一つになって季語を全身で受け止めながら、作者の視線はおのずとはるかなものへと向かう。

おのおのの位置で天に対峙する山々を静かに見つめつづけた日々が〈それぞれに空〉という把握に結実する。〈冬近し〉が空の青さとともに、やがて来る厳しい季節への予感を秘めて、微妙な陰翳を句に加える。

夜を〈遠き山より満ちて〉と捉えるのも、山国に生きる人の実感に違いない。〈雛祭〉が闇の温度や湿りを感じさせて動かない。

真夏に向かう季節の勢いそのままに伸びる〈芋蔓〉。かっと照る日ざしのもと、作者もまた〈芋蔓〉の先端とともに雲を目指す。

こうした風土に根づいた抒情が『仙丈』の背骨とすれば、母を詠んだ句は心臓だろうか。

梅東風や遙けきものに母のこゑ　平12
咳込める母の背やはらかかりしかな　同
こほろぎのどのこゑ母の声とせむ　平13

てのひらに残る母の背の感触と幻の母の声。決して饒舌ではないが、万斛の思いをこめたこれらの句は、自らの情を抑え内面を手放しで露わにしない作品群にあって、作者の胸中に常に温かく灯るものの存在を示しているように思われる。

三森鉄治――人と作品

普段見かけることのない大きな黒い揚羽蝶がいつまでも庭から飛び去らないのを見て胸騒ぎを感じていたら、鉄治さんの訃報がとどいた、と教えてくれた俳友がいる。そんな暗合が不思議ではない、不可視の世界とどこかでつながっているようなところが鉄治さんにはあった。

三森鉄治さんと親しく接するようになったのは、彼の呼びかけで始まった小さな句会がきっかけだった。吟行をして出句数は無制限という原則を堅持しながら、おおむね隔月開催で現在も続くその会に、亡くなる数ヶ月前まで、ほぼ毎回出席し、すべての回の記録を残してくれたのが鉄治さんだった。

専門の英語や俳句だけでなく、天体や昆虫、さらには考古学やアニメまで、鉄治さんの関心の幅は広く、口を開けば博識縦横、話題の尽きることはなかった。句会を終えたあとの座談も楽しく、話が魑魅魍魎の存在に及んで初対面の他結社の俳人たちを驚かせた（煙に巻いた？）のも懐かしい思い出である。

同時に情の人でもあった。その俳句に対する情熱は飯田龍太・廣瀬直人への敬慕と切り離せない。近年書き進めていた蛇笏研究も、自らの俳句の根を確かめようとする営為であったろう。また、句のそこここに見られる家族とくに亡くなった母上への情愛も忘れがたい。父上の自叙伝『絶対にあきらめない』の出版にも力を注ぎ、最後の句会報告に添えてその本が山梨自分史大賞優秀賞を受賞したことが記されていたのを思い出す。

これまで彼が俳句に書き残したのは、三森鉄治という総体のごく一部に過ぎない。表現されない多くの未知を残したままの、早すぎる死だった。

寒 卵 こ れ も ま た 涯 な き 宇 宙　『幻象論』
冬 銀 河 後 に 世 在 ら ば 樹 と な ら む　同

じかに宇宙とつながって交信するようなこうした句境に、詩人でもある作者本来の体質があったようにも思われる。

しかし、その後の句業は、自身の俳句から感覚の機鋒を収め、粘り強く対象に肉薄する作風へと転換を図ってゆく軌跡とも見える。第二句集『天目』から『魁』『仙丈』『栖雲』と続く句集名も、『魁』が〈甲斐〉に通じることとも合わせて、風土に根ざした叙情への志を端的に示すだろう。

第四句集『仙丈』に触れて、〈一回限りの事物との出会いを、かけがえのないものとして俳句表現に定着させることに全霊を傾けているようだ〉と書いたことがある。この、対象と誠実に向き合おうとする姿勢は、年を経るに従い、ますます深まり、〈写生〉という言葉では言い尽くせない、対象の根源を見据える句風を育てていった。

青木の実岩に梯子の錆滲み　『栖雲』
倒れ込む木に水跳ねて冬日和　同
緑蔭の砂吹き上げて水湧けり　同
姫沙羅に琥珀の実あり冬芽あり　同

第五句集に収めるこれらの句にも、その特質は見て取れる。岩に架けられた鉄の梯子、水に倒れ込む木、緑蔭の湧き水、姫沙羅の実の琥珀色、こうした発見に満足して目をそらし、手早く十七音にまとめあげる手法を作者はとらない。岩膚に滲む錆や木に跳ねる水、吹き上げられる砂、実の傍らの冬芽、そこまで見届けて初めて対象を〈見た〉とするのが、三森鉄治の俳句だった。

筍を断つ一撃の狂ひなき
花栗の香に闇満ちて甲斐の国
夏逝くや枕にかよふ海の音

「郭公」平成27（二〇一五）年七月号に掲載された「夏」から。この一連では、さらに澄みが加わり、一句の透明度が増している。筍を両断する気魄を、その勢いのままリズムに乗せた第一句、風土を踏まえながら花の香と闇の物質性をとらえた第二句。夢とうつつのあわいで確かに海の音を聴きとめた第三句。すでに命終を意識していたに違いないが、対象を捉える目と耳に乱れはない。

さし伸ばす掌に滴りの弾けたる
哀しみは詩の種嶺へ銀河落つ
またの世も師を追ふ秋の蛍かな

最後に世に問い、郭公賞を受賞した「銀河」から。同じものを目にしながら誰にも言い得なかった把握を示す第一句。自らの生の中で遭遇してきた数々の〈哀しみ〉を敢えて〈詩の種〉と言い切って詩人の覚悟を示す第二句。〈銀河〉がそれを美しく彩る。そして、人生を賭けた詩魂に貫かれた絶唱とも言える第三句。蛇笏の龍之介追悼句を下敷きに、師系への無限の思いを十七音に込めた。

三森鉄治にとって凝視することとは、その奥にある不可視の宇宙に触れることだったのかもしれない。

虹失せし空を見上げてゐる子あり　『栖雲』

この〈子〉に、見えないものを追い求めた三森鉄治の自画像を読むのは感傷に過ぎるだろうか。

第Ⅲ部　それぞれの光芒

石田波郷小論――『惜命』まで

石田波郷は、みずみずしい青春の抒情に始まり、自己の病苦に対する凝視を経て、その宿業を突き抜けた世界に進んでいった。その一生は、俳句形式との格闘を通して、自己表現を極めた道程でもあった。〈俳句は文学ではない〉〈韻文精神〉といったスローガンめいた言辞を超えて、その俳句作品は人間表現の真髄に達している。前半生の集大成とも言える『惜命』までの歩みをたどりつつ、波郷俳句の本質を考えてみたい。

1

石田波郷は、本名哲大。大正2（一九一三）年、愛媛県の農家に生まれた。十五歳のころから作句を始め、十七歳で師事した五十崎古郷に波郷の号を与えられた。なお、後年生まれた第一子に、古郷の本名修と、自らの名から一字をとって「修大」と名付けている（石田修大『わが父波郷』）。同じ年に「馬酔木」に投句するようになり、十九歳で「秋の暮業火となりて秬は燃ゆ」

などで「馬酔木」新樹集の巻頭を得た。それを機に上京し、二十歳の若さで、「馬酔木」が初めて敷いた自選同人の一人となる。二十四歳の時、盟友石橋辰之助、高屋窓秋が「馬酔木」を去ったのに対し、波郷は「馬酔木」にとどまり、さらに「鶴」を創刊、主宰する。

『鶴の眼』は、昭和14（一九三九）年刊。昭和6（一九三一）年から14年夏までの作品を収める。本来の第一句集は昭和10（一九三五）年に刊行された『石田波郷句集』だが、『石田波郷句集』からの抄出を含む『鶴の眼』が実質的な第一句集とされる。他にも句集ごとに収録作品の重複があり、どれを正規の句集とするかという問題があるが、ここでは『石田波郷全集』（富士見書房）に収録された形に従う。

　　バスを待ち大路の春をうたがはず　　　波郷
　　ひとゝゐて落暉栄あり避暑期去る

都会的あるいは印象派的な素材、〈や〉〈かな〉〈けり〉などの切字を使わないなだらかな調べ、馬酔木直系ともいえるそれらの要素を通して、青春の感傷や倦怠が甘美にうたわれる。触れるものすべてが心を動かし、俳句を生み出してくれるような幸福な一時期がもたらした果実である。

バスを待つだけの無為の時間を大路いっぱいに広がる光が満たす前句では、春を迎えた喜びが、〈春をうたがはず〉ののびやかなリズムに乗って表現される。後句では、終わろうとする一夏の輝きが夕日に集約され、〈落暉栄あり〉のやや生硬な漢文調が、〈ひとゝゐて〉の甘さと好対照をなしている。下五の〈避暑期去る〉への転換が鮮やかだ。

散るさくら空には夜の雲愁ふ　　波郷
雪嶺よ女ひらりと船に乗る

高屋窓秋の〈ちるさくら海あをければ海へちる〉〈山鳩よみればまはりに雪がふる〉との類縁を、語彙やリズムにとどまらず感じさせる。上五に置かれた〈さくら〉〈雪嶺〉から〈夜の雲愁ふ〉〈女ひらりと船に乗る〉への飛躍が、既成の概念にとらわれない思い切りの良さを感じさせる。後句について、波郷は〈映画的〉〈雪嶺よの「よ」が面白い〉と書いている（『波郷百句』）。

秋の暮業火となりて秬は燃ゆ　　波郷
雪霏々とわれをうづむるわが睡

前句は『馬酔木』の初巻頭句だが、すさまじい炎を上げて秬が燃えるさまを〈業火〉ととらえたことで、象徴的といってもいい景となった。〈秋の暮〉という季語の伝統的な情趣を生かしながら、農村の日常的な風景に凄惨といってもいいイメージをもたらした。後句では、中七の〈われをうづむる〉が〈雪〉と〈睡〉にかかってゆく曖昧さが、夢ともうつつともつかない意識の薄明を描き出す。

どの句も、『馬酔木』的な作風を大きく踏み出すものではないが、表現に緩みがなく、季語に対する深い理解が感じられる。天性ともいえる俳句形式に対する感度が、〈韻文精神〉を始めとした俳句固有の方法の主張へとつながってゆくのだろう。

昭和18（一九四三）年に刊行された第二句集『風切』は昭和14年夏から18年夏の句を収める。このころから、自己の生活をじっくり見つめるようになるとともに、「や」「かな」「けり」といった切れ字を用いた句が増える。自己の生活に対する認識と俳句形式への理解とがともども深まってゆくところに、波郷の俳句観形成の秘密がある。

初　蝶　や　わ　が　三　十　の　袖　袂　　波郷

自解で、〈昭和十七年。生活の廓清を心がけた。「三十而立」、私は自分の青春と馬酔木から袂別した。然しそんなことを詠んだ句ではない〉（「波郷百句」）と書く。人生の節目ともいうべき年を迎え、気を引き締めたその眼前を、春の訪れを告げる初蝶がよぎる。まだ冷たさの残る清潔な大気を、新しい季節に向けた喜びをうたうように蝶が舞い過ぎる。無駄のないリズムが、これからの人生に向けて思いを新たにした、作者のひそかな決意を伝える。

朝　顔　の　紺　の　か　な　た　の　月　日　か　な　　波郷

〈結婚はしたが職無くひたすら俳句に没頭し、鶴に全力を挙げた。韻文俳句を大いに興さうとした時期であつた〉（同前）という自解に従えば、〈月日〉は目の前に開けた未来の日々となるだろうか。しかし、初秋の朝を彩る〈朝顔の紺〉の落ち着いた色合いは、たとえば、過ぎ去った一夏を回顧するような趣もある。一方で彷徨の過去を振り返りつつ、自分が歩むことになる決して平坦ではないだろう道を思い描く、そんな句だろうか。

遠足や出羽の童に出羽の山　　波郷
葛咲くや嬬恋村の字いくつ

〈出羽〉や〈嬬恋村〉という、いくらかの古色を帯びたなつかしい地名が、字面への表面的な興味ではなく、風土に根ざした実感に支えられて句に確かな位置を占めている。遠足で郷土の山に登る子どもたちも、葛の花の荒々しい美しさに飾られた嬬恋村も、行きずりの旅人の目ではない、その土地土地の暮らしへの愛に満ちた視線でとらえられている。

2

このころの波郷は、新興俳句の最先端をひた走る辰之助、窓秋らに対しては有季定型を守りつつ、「馬酔木」の抒情ともやや距離を置き、作者の生活を中心に据えた現実直視の作風へと転換してゆく。二十六歳の時に出席した「俳句研究」の座談会を契機に、楸邨、草田男らとともに「難解派」「人間探求派」などと呼ばれるようになる。

出征を三日後に控えて書かれた「此の刻に当りて」（「鶴」昭和18年十月号）で波郷は〈俳句は飽くまでも韻文の髄の髄である〉として、〈俳句こそは些の偽りもゆるさぬ行道である。構成とか創作とか想像とか、さういふものが文芸の性格を為すならば、俳句は文学ではない。俳句は人間の行そのものである。生そのものである〉と述べた。

〈僕は俳句は俳句としての精神、端的な表現、深い象徴、高い清韻を守ることが、最大の文芸報国なりと考へるものである〉ともあるように、内容は当時の時局と無縁とはいえないが、他方で〈露骨な時局便乗俳句〉を批判しているとおり、安易に時代の風潮に迎合しているわけではない。戦後になっても「鶴白し」で〈俳句は風景や生活を詠ひ詠むものではない。俳句は生活や自然を対象とするのでなく、生活そのものであるといふことである。（中略）われわれはこの散文的俳句を、高い韻文精神俳句にもう一度もちあげなければならぬ〉（「鶴」昭和21年三月号）と書いたように、〈生活即俳句〉と〈韻文精神〉は、時代の転変を越えて貫かれた波郷の俳句観のいわば背骨といえる。

俳句が〈生活そのもの〉という時、生活を表現に定着させる方法のモデルとなったのが私小説だった。「続俳句愛憎」（「馬酔木」昭和14年九月号）で〈あらゆる文芸の美しさの中に幾多空想の花を咲かせてゐるもの、あることは勿論であるがこ、にわが俳句だけはそれを許さない、自分の行の他にすがるもの、ない切々たる文芸である〉として、〈僕は葛西善蔵の小説に、実に在来の現代俳句よりも色濃き俳句性を汲みとるのである〉と書いた。〈私小説が私にぎり〳〵までとりついた姿は僕は俳句の姿に他ならないと思ふ〉。〈陋醜〉ともいえる自己の生活を〈凝視〉しつつそれと〈闘ひ〉ながら書き上げた〈表現魂〉に〈僕はその作者と作品の一枚の関係からこゝに俳句魂といふべきものを感ずるのである〉。

私小説は単に作者の体験の記録ではない。自己の生活を〈陋醜〉もいとわずさらけ出すことで人間としての誠実さを証しだて、それが作品のリアリティを保証する。作品以前の人間としての態度が問題にされるともいえるわけで、波郷が葛西善蔵に共感したのも、その一点にある。

そうした波郷の俳句観が験されたのが、その後かれを襲った病患だったといえるかもしれない。先走っていえば、『惜命』一巻はその人生の危機を、俳句という詩型をテコにいかに乗り越えたか、という記録ともいえる。

しかし、〈私小説〉は、自己の生活の危機を作品化する一方で、その危機そのものが自己目的化する陥穽をはらむ。近松秋江、葛西善蔵らの作品を破滅型と規定した平野謙は、「私小説の二律背反」(『芸術と実生活』)で〈芸術家の矜持にしかと支えられた人性そのもののエリートという一点に、私小説家はその破滅的な現世放棄者の生活を弥縫していたのである。(私小説は——引用者)やや逆説的にいえば、その本質はむしろ非日常性にこそある。家常茶飯的ならぬ生の危機感こそ、それの生み出される根源のモティーフにほかならなかった〉と指摘し〈彼らを支える唯一の矜持は芸術家としての真実性以外になかったのである。辛うじてその真実性を唯一のアリバイとして、彼らは極貧の生活にもたえしのんだ。(……)彼らは芸術家としての作品のリアリティではなくて、制作態度の誠実性にすがるしかほとんどほどこすすべを知らなかったのだ〉と言い切っている。

　この指摘は波郷にとっても他人事とはいえない。これも先走っていえば、『惜命』の次に刊行された『春嵐』の後書に〈『惜命』が生命の緊張の中から溢れ出たとすると、この書は生命の弛緩の裡に生れたものである〉とあるのも、〈私小説〉的な人生の危機を乗り越えたあとの緩みととれないこともない。しかし、波郷は、〈破滅型〉の行く手にあった生活の破綻とはついに無縁だった。

　私小説家と波郷の道を分けたのが〈韻文精神〉だった、といえる。自己の生活を散文的に記録するのではなく、生活との闘いのなかから摑み取ったものを、俳句形式に封じ込めること。それを為すために必要な精神の緊張が、波郷に自己の境涯に甘えることを許さなかった。〈生活即俳句〉と〈韻文精神〉が、いってみれば車の両輪として波郷俳句を前進させたのだ。さらにいえば、そうした一種のスローガンでは覆い尽くせない、石田波郷という俳人の人間性がその作品をかがやかせたのである。

3

昭和21（一九四六）年に刊行された『病鴈』は、昭和18（一九四三）年九月末から昭和20（一九四五）年三月までの作品を収める。出征から、戦地で発病して内地に戻るまでの生活が背景にあり、より自己の境涯に執した作品が詠まれるようになる。

雁やのこるものみな美しき　波郷

〈留別〉の前書きがある。昭和18年九月に召集令状を受け取った時の作。〈夕映が昨日の如く美しかつた。何もかも急に美しく眺められた。それら悉くを残してゆかねばならぬのであつた〉（「波郷百句」）。海を越えて渡ってきた雁と入れ替わるようにして、日本を後にしなければならない無念。具象物は「雁」だけだが、〈のこるものみな美しき〉と大づかみにいい止めたことで、家族、師友、さまざまな自然の風物が脳裡に立ち上がってくるようだ。〈自然の美しいのは僕の末期の眼に映るからである〉（芥川龍之介「或る旧友へ送る手記」）。

雨あしのをどりかゝりぬ夜の新樹　波郷

〈済南陸軍病院〉の前書きがある。昭和19（一九四四）年作。上五から中七にかけて一気に読み下す語勢が雨の激しさをそのまま伝え、〈をどりかゝりぬ〉からは、激しい風雨の中で身をよじるように揺れ動き翻る樹木の姿がうかがえる。病棟のベッドに身を横たえて、むしろ爽快ともいえるような情景に見入る姿は、〈雷落ちて火柱みせよ胸の上〉の思いに通じるものがあるだろう。対象と距離を保った叙景ではなく、自己の思いを浸透させ対象と一体となった描写である。

『雨覆』は、昭和23（一九四八）年三月刊。昭和20（一九四五）年夏から22（一九四七）年秋までの句を収める。戦後の混乱の中で、昭和21年には「鶴」復刊、俳句総合誌「現代俳句」創刊を果たし、翌年には、西東三鬼らと図って現代俳句協会を設立する。俳人としての激動の中で、自らの生活を詠むとともに、戦後の社会に生きる人々を、生活者の視点から記録してゆく。

枯葎馬車はいくとせ鉄運ぶ　波郷

来る年も来る年も重荷を背負って進む馬車の姿は、どこか人生に通じる。一点の緑もない〈枯葎〉が、戦後の荒廃とそこに生きる人間の困苦を暗示する。〈今眼前に蕭条たる焼跡の道は、轣轆と馬車の往来のみ多い。戦争中も、敗戦後の今日も赤銹びた鉄を積んで〉（「波郷百句」）。

はこべらや焦土のいろの雀ども　波郷

杜甫は〈国破れて山河あり／城春にして草木深し〉と歌ったが、近代戦争の惨禍は、自然の姿をも一変させずにはおかなかった。戦争は人間ばかりでなく、多くの生き物の命を奪った。わずかに萌えだしたはこべは自然の再生を告げるけれど、変わらないはずの雀の姿に作者は〈焦土〉の色を見てしまう。それは心に残された戦争の傷跡が癒えない人間の姿とも重なるだろう。

野分中つかみて墓を洗ひをり　波郷

〈つかみて〉が野分の烈しさとともに、それに負けない人間の強情を物語る。自然の威力に抗して〈墓洗ふ〉営為を続ける姿に、人間としての誠実さが描かれる。

こうした作品群は、戦後の生活のドキュメントであり、作者自身の境涯に直接関わらない句であっても、対象への人間的な共感が一句を深いところで支えている。

ことごとく枯れし涯なり舟の中　波郷

〈荒川沖舟遊、秋櫻子先生に会ふ〉の前書きがある。波郷の師秋櫻子に対する敬愛は、作風や志向の違いを超えて終生変わることはなかった。満目蕭条たる景を貫いて一筋の河が流れる。その舟の中で相会する師弟。舟の揺れに合わせて、ほのぼのとして暖かさがただようようだ。

4

『惜命』は、昭和25（一九五〇）年刊。昭和22（一九四七）年秋から25年一月の作を収める。結核による病臥と療養所での再三の手術のなかで自己と俳句への認識を一層深めた時期である。

雪めく雲いま病み臥すは一惨事　波郷

俳句一本で生計を立てる作者として偽りのない感慨だろう。寒々と拡がる〈雪めく雲〉が、前途への不安を象徴している。

頬に蠅つけ睡れる者は縁由なし　波郷

〈石橋辰之助の訃をきく〉の前書きがある。自らも病に臥す中に届いたかつての盟友の死の報。理不尽な運命に対する憤りが〈縁由なし〉の言い捨てたような激しい語調に表れている。

金の芒はるかなる母の祈りをり　波郷

故郷から手術の成功を祈る母への敬愛の念に満ちた一句。〈金の芒〉が、慈母の祈りに後光のようなかがやきを添え、中七の字余りが、溢れる作者の思いを伝える。

胸郭成形手術を詠んだ一連は、自らの苦患を対象としながら、境涯への甘えが見られない。これらは〈芸術家としての作品のリアリティではなくて、制作態度の誠実性にすがるしかほとんどほどこすすべを知らなかった〉というようなものではない。病苦に呻吟する自己をまるごと俳句に残そうとする執念を原動力に、俳句を私小説とした自身の主張のはるか先に到達した作品群といえる。

花圃に水汲める見てをり手術前　波郷

生死を決めるかもしれない手術を前にした緊張と、療養所の花壇に水をやるという日常の些事といってもいい情景との対比。放心とも見えるまなざしの底には、平穏な日常に再び戻って来られるかという不安が揺れているようだ。

担送車に見しは鶏頭他おぼえず　　波郷

感情を露わにすることばはない。しかし、手術室に向かう担送車から見えた鶏頭の赤の鮮烈と〈他おぼえず〉の強い断定に、悲壮な激情とでもいうべきものが込められている。

たばしるや鵙叫喚す胸形変　　波郷

〈基礎麻酔〉により意識は醒めた状態で、肋骨が切除される。〈この時の奔湍的電流的な衝撃、手術の幕が切つて落された感じ、忽ちにして肋骨をとられた胸形変じ了る相を、声調を主として現はさうとしたものである〉（「肺の中のピンポン球」）。三段切れという定石破りのリズムに加え、〈たばしるや〉と言い放った上五から〈叫喚〉〈胸形変〉という「きょう」「きょう」「ぎょう」の金属的な音の重なりが、肋骨を断つ響きのように、手術の凄まじさを伝える。

鰯雲ひろがりひろがり創痛む　　波郷
麻薬うてば十三夜月遁走す

前句は、定型の枠をはみ出した〈ひろがりひろがり〉の字余りが、手術後のいかんともしがたい傷の痛みを表す。後句は、痛み止めを打って、摑もうとする手の先から十三夜の月がのがれてしまうように、意識が次第に遠くなっていくさまを巧みに表現する。

雪はしづかにゆたかにはやし屍室　波郷

3・4・4・3・5の荘重な調べがレクイエムを思わせる。石田修大は、〈屍〉を詠んだ句が昭和24（一九四九）年に集中していることを指摘し、〈療養所では死が日常茶飯の事実であった〉（『わが父　波郷』）と書く。自らの死を常に意識している者の眼には、死に関わるすべてが痛切に感じられる。序奏の〈雪は〉から〈しづかに〉とイ音と濁音を響かせて沈み込んだ旋律が、ア音を中心とした〈ゆたかに〉で高まり、かそけさとほのかな明るさを持つ〈はやし〉で収まったあと、〈屍室〉が重い余韻を伝える。山本健吉は屋内の〈通夜風景〉と読んだ（『現代俳句』）が、死という人間の究極の営みを埋めつくすかのように戸外に降りしきる雪を思い描きたい。〈上十二と屍室が、離れてゐるのではなからうか〉（「惜命五句自解」）と波郷は反省しているが、上五中七の調べを受け止める語として、〈屍室〉はやはり動かせないと思う。

昭和25（一九五〇）年に波郷は療養所を退所した。〈私は病気と今後永く共棲しよう、病気はもはや私にとって敵ではなくて、親愛なる家族である〉（「肺の中のピンポン球」）とあるように、結核が完治したわけではない。〈生きるといふことは宿業かもしれないが、これを抛棄する心にはなれない。（……）結核との永い耐へ難い闘ひをなし遂げ、そこに待つてゐるものは更に重い宿業の生であり、社会生活のあらゆる困難である。それでも我々は生きてゆかなければならない〉（「十薬の花」）。昭和26（一九五一）年に波郷はこう書いた。自己憐憫でも絶望や自棄でも諦観でもない。自らの人生をそのものとして、病もなにもかもまるごと引き受けようとする静かな決意がここにはある。

風花や胸にはとはの摩擦音　　波郷

波郷俳句を支えたもの

俳句に限らず、芸術の表現と作者の人間性とはストレートにつながるものではない。人間性の気高さをうたいあげた小説の作者が同じように気高いとは限らないし、その逆もある。理論と実作にも似た関係がある。理論とできあがった作品とは常に一体とは限らない。すぐれた作品は必ず理論で説明しきれないものを持つだろう。

しかし、作品を理解する上で作者の人間性の理解が欠かせない場合もある。石田波郷はその最たるものだろう。波郷俳句においては、作品と文学観と作者自身が分かちがたく結びついている。

実家の農業を手伝いながら俳句に熱中していた波郷が、「馬酔木」巻頭獲得を機に上京したのは昭和7（一九三二）年十九歳の時だった。その決断に至った心理的経緯は分明ではないが、少なくとも外形的には、思い切りのよさを超えた大胆すぎる行動と見える。母ユウは後年、〈上京の際、近隣の人が「波郷か発狂か」と噂していた〉（石田修大『わが父　波郷』）と明かしているし、三橋敏雄が書くように〈対世間的には無謀な波郷の決意ではあった〉（『現代俳句の世界7　石田波郷集』解説）。ともあれこれが、職業俳人石田波郷のスタートとなった。

東京に出た波郷は、都会的な風物に好奇の目を瞠り、みずみずしい感性でそれらを俳句に詠んだ。

バスを待ち大路の春をうたがはず　　波郷
プラタナス夜もみどりなる夏は来ぬ
霧吹けり朝のミルクを飲みむせぶ

他にも、ビアホール、噴水、スキー、スケート、ジャズなど、さまざまな素材を明るく軽快にうたっていて、そこからは現代の都会の生活を謳歌する青年の翳りのない姿が浮かんでくる。その特徴は文章にも表れている。〈椅子やビルヂングの散らばつた風景の、大きな窓や、畳が時代がかつた光を漂はし、何にも萌え出ていない黒い植木鉢がのぞいてゐる小さい窓で、私は静かな想ひに浸りこむ。窓はかゝる時かぎりない親愛を示して人間の言葉をさゝやきかけるのである〉(「窓」昭和8年)。後年の波郷から最も遠いともみえる、こうしたモダニズム的な感性が初期の作品に息づいているのは興味深い。この時期の波郷は、

頭の中で白い夏野となつてゐる　　高屋窓秋
白い靄に朝のミルクを売りにくる

ときわめて近いところにいる。こうした方向を推し進めれば、新興俳句運動の先頭に立っていて

もおかしくない。しかし、波郷はそこで踏みとどまり、引き返した。転機となったものが何であるにしろ、それが波郷本来の資質に即した転換だったことは間違いない。

そのことは、『石田波郷全集別巻』の「石田波郷研究」に収められた諸家の文章からもうかがえる。

昭和15（一九四〇）年に東京三（秋元不死男）は、高屋窓秋との類縁を認めながら、波郷の句が〈どこか朴訥であり、ハイカラになり切れぬところがあつた。繊細な神経の中に図太いものがあつた。材を「市井的」なものに取り、卑近な「日常生活的」なものに俳句の詩の実感を求めてゐる傾向のあつた〉ことを指摘し、〈詩人〉というよりも〈小説家的〉、〈自然よりも人事を、感覚よりも心理を重視し、好む〉タイプだとして、〈育てるべき自分のものを育てた人であつた〉と評している（「句集『鶴の眼』を見る」）。

〈創作意欲などは俳句に必要でない。俳句は作者が身体を投げ出してやりさへすればい丶のだ〉（「雪原行の後」昭和15年）。〈俳句は境涯を詠ふものである〉（「作句」昭和17年）。こうした波郷の言葉は、理論や思想の要請によるのではなく、自身の資質に根ざしたものだった、といえる。

身近で波郷を知る山本健吉は〈いろいろと文学上の若々しい野心を燃やした日もあつたのである。だが君は齢三十に至らずしてそのやうな一切の夢を捨てた。（……）俳句というものをしつかと見据ゑ、男子の一生を托するにたるといふ信念を獲たからである。（……）それに至るまでの君の動揺が大きな振幅を描いてゐただけに、それ丈君の決意の揺ぎなさも見事なものであつた。

身を枯らすやうな浮世の愛憎沙汰も、それまでに嫌といふ程体験した君である。だが君はあの決意の日に心は僧形となつたのである〉（「石田波郷君の応召を送る文」昭和18年）と書き、波郷と同門の親友である加藤楸邨は〈彼の生活の姿を知るものは、彼が、非常な難局に立つてゐながら、悠々として一向騒がず、一見神経の弱い人の目からはずぶとくさへ見えるとは。生れるときから負つて来た彼の人間そのものの結果づけるところであると同時に、その人間がさういふ坐りこまねば仕方のなかつた数々の体験の間につくり上げて来た――さういふ境遇を経なければ築くことも、知ることも出来ぬやうな生活力の強靭さである〉（「波郷と愛憎」昭和16年）と記している。

こうした指摘も、〈生活即俳句〉などといった波郷の俳句観が自身の資質や体験と切り離せないことを裏付けている。ここで、郷土の生活を踏まえた初巻頭作が、波郷俳句の原点として大事な意味を持ってくる。

秋 の 暮 業 火 と な り て 秬 は 燃 ゆ

都会でのさまざまな体験や葛藤を経て、波郷は自身の本質を発見した、もしくはそこに回帰したのである。

俳句観の転換後も、実生活において、志向を異にする人たちとの関係を絶つことはなかった。〈昭和十年を境に（……）西東三鬼あるいは、おりから「馬酔木」を離れた窓秋、辰之助らをはじめとする新興無季俳句推進者との交友関係を、むしろ積極的に保持しつつ、自身の俳句については、これに与しない態度を固めていった〉（三橋敏雄・同前）。

波郷は、俳句において自身の人間性の表出を重視するとともに、他者とのかかわりにおいても、人間をまっすぐに見ようとした。水原秋櫻子にしても横光利一にしても、波郷が師事した文学者と波郷自身の目ざすものは同じではない。秋櫻子が〈文芸上の真〉を目指したとすれば、波郷が求めたものは〈人間の真〉とでもいうべきものだろう。秋櫻子の句集『帰心』に触れて〈私は水原先生の二十余年の弟子であるが、必ずしも先生の俳句の忠実な追随者ではない〉〈先生の意を体しつゝ、「馬酔木」俳句の発展を願つてゐるが、私は私なりの俳句観と俳句嗜好をもつてゐて、これを馬酔木の中に於ても別に遠慮することなく行動してゐるものである〉と書いている（「『帰心』」昭和30年）。また、横光利一は、新感覚派の旗手として、波郷が賛嘆した葛西善蔵のような〈金無垢〉（平野謙）の私小説家の対極にある。

波郷は、その人の主義主張や理念ではなく、人間そのものに判断の基準を置いた。秋櫻子に対してもその俳句の美しさをそれとして評価しつつ、作品にそのような美しさをもたらした作者の人間性により敬意を払っていたように思われる。そうした波郷に「馬酔木」の編集を任せた秋櫻子も、人間波郷を深く信頼していた。〈馬酔木のことは私の思ふ通りにいささかの間違ひもなくきちんとやつてくれる。（……）全く私にとつては頼母しい人だ〉（「石田波郷句集を読む」昭和11年）という思いは変わらなかったはずである。

新興俳句の代表俳人である渡邊白泉は昭和13（一九三八）年に、〈波郷俳句の面目の一つは、ピノチオのやうな、あの木でこしらえた人形の持つてゐるやうな、潑剌たる素朴性にあると言へよう〉（「波郷俳句鑑賞予告」）と書いた。その後、「京大俳句」事件によって執筆禁止を言い渡された白泉が石山夜鳥などの変名で「鶴」に投句したのも、波郷に対する信頼によるものだろうし、当局からは危険人物とも目される白泉を受け入れた波郷もまた、よくその信頼に応えたといえるだろう。(註) そこには、単なる善意の枠を越えた人間としての懐の深さがあり、それはそのまま波郷俳句の広さ、深さにつながっている。

註：三橋敏雄は〈昭和十六年から同十七年にかけて白泉は、石田波郷主宰「鶴」に前後五回にわたり石山夜鳥または石山夜蝶の変名で投句入選している〉、〈波郷は白泉の変名投句をすぐさま見破った気配であった〉（『現代俳句の世界16　富澤赤黄男　高屋窓秋　渡邊白泉集』解説）と書いている。

阿波野青畝『甲子園』

昭和31（一九五六）年から昭和40（一九六五）年までの六二七句を収めた阿波野青畝の第五句集『甲子園』は昭和47（一九七二）年七十三歳の時に刊行され、翌年蛇笏賞を受賞した。

1

長寿を保ち、豊穣な晩年を迎えた俳人は少なくない。だが、年齢を重ねて自在と華やぎを加え、枯淡とは無縁の活力を示した作者としては、加藤楸邨とこの阿波野青畝が双璧ではないか、という気がする。

楸邨が、大きな振幅でうねりつつ高みを目ざしたのに対し、青畝は、自らの信じる道を一心に歩き通したような印象がある。進むにつれて道幅は広くなり、左右の風景もにぎやかさを増しているけれど。

一筋の道が自己模倣や詩心の枯渇といった袋小路に行き当たる例もあるなかで、信じる道を貫きつつ豊かな稔りをもたらした秘密はどこにあるのだろうか。

2

第一句集『萬両』の序で、高浜虚子は、〈石や雲にも生を附与し、草や木にも情をうつし、鳥や獣にも人格を見ねば止まぬ、と云つたやうな君の熱情が、写生の技と、渾然融和し〉と書き、〈熱情の子〉である青畝が、虚子の教える〈客観写生〉と〈花鳥諷詠〉を忠実に学んできたことを称揚している。この〈主観〉と〈客観〉の〈渾然融和〉が、青畝俳句の要といえるだろう。

一軒家より色が出て春着の児　昭31
雪礫あへなく没し雪に帰す　同

前句では、初めに華やかな色の刺激があり、それが春着を着た子だとわかったという、一瞬の認識のずれが的確に描かれる。

後句では、積もった雪の表面が雪礫の勢いを受け止めきれずにあっけなく陥没した様子を、〈あへなく〉のたよりない語感が映し出す。〈雪に帰す〉の描写がまとう一抹の寂しさは、作者の心の反映でもあるだろうか。

自己を無にしてカメラアイに徹するのではなく、自分の感受を大切にし、いかにそれを損なわずに表現するかに心を砕いたのが青畝の〈写生〉だった。主観を捨てるのではなく、主観をより適切に表現するために客観という方法を採ったのである。

あをぞらに外套つるし古着市　昭31
火の中に反りかへりゆき厄の札　昭33
紫の紐のごとくに雷火かな　昭35

大胆な省略による単純化で情景を鮮やかに切り取る手腕も、青畝ならではのものだ。一切の夾雑物を排し、青空の古着だけに焦点を絞った一句目、クローズアップによって誰もが見ていながら気づかなかったことに目を留めさせる二句目、警抜な比喩によって雷の美しさと恐ろしさが端的に表現された三句目。いずれも、作者が対象から得た印象を的確に造形することにすべてを賭けた作品といえる。

3

山又山山桜又山桜　昭31
三夕の一夕の浦西行忌　昭36

青畝俳句の特色として、融通無碍な素材と用語の選択、自在な表現が挙げられる。だが、例えば言葉遊び的な要素はあくまで結果であって、作者の意図はそこにはない。

前句は、

山吹や葉に花に葉に花に葉に　太祇

を連想させる句の形だが、視覚的印象を言葉のリズムに乗せた太祇句の軽やかさに対して、どっしりとした重量感がある。二音ずつ細かく刻まれたうえ字余りでどこかせわしない上五のリズムに対し、五音・二音・五音とゆったり流れる中七下五のリズムが近景から遠景に続く山桜の見事さを表現する。一句のポイントは、漢字ばかりの文字面よりも、〈山桜〉の響きを生かしたリズム感にある。

後句の上五中七では、時のかなたの〈三夕の歌〉から〈一夕〉へ、さらに眼前の〈浦〉へと時間と空間の焦点を絞ってゆく。そして、〈西行忌〉によって、

心なき身にもあはれは知られけり鴫立つ沢の秋の夕暮

が呼び出され、読者は上五の〈三夕〉に還って一句を読み直すことになる。

モジリアニの女の顔の案山子かな　昭36

パチンコへ損をしに行き年忘　昭35

前句は、〈ルノアルの女に毛糸編ませたし〉（『春の鳶』）と詠んだ人らしい大胆な見立て。青畝には案山子の句が多くあって、役に立っているのかいないのかわからない不思議な存在がペーソスをもって描かれる。舌を嚙みそうな画家の名と案山子の結びつきがすでにおかしく、モジリアニの作品を知らなくても、風変わりな顔が想像できそうだ。

後句は、季語の選択を誤れば〈パチンコへ損をしに行〉くという発想の平俗さを際立たせるだけに終わったかもしれない。〈年忘〉も俗と無縁ではないが、このように置かれると、大きな時の流れに一区切りをつけて新しい年を迎えようとする庶民の知恵が息づいているのが感じられる。こうした呼吸は一種の名人芸ともいえるけれど、その芸は季語に対する深い理解に支えられている。季語が一句の錘として、巧みな言い回しや機知をしっかり繫ぎ止める。

高柳重信は、〈言葉の命のもっている働きを大切にしないと、意味は運べても、心のうちの微妙なものは運べない〉という青畝の言葉を引いて、〈心は言葉であり、言葉こそ心なのである。この次元で思いを深めてゆけば言葉は自由そのものであり、心も自由となるだろう。そのとき、言葉は言葉自身の知恵に輝く〉（「阿波野青畝小論」）と書いた。自在な表現のうしろには、言葉の意味だけでなく、ニュアンス、語感、リズム、歴史などあらゆる要素に思いを凝らす作者がいることを忘れてはいけない、と思う。

加藤楸邨『怒濤』

『怒濤』は、昭和51（一九七六）年から昭和61（一九八六）年まで、加藤楸邨七十一歳から八十一歳に到る七一一句を収め、昭和61年十二月に刊行された。平成5（一九九三）年七月に亡くなった楸邨にとって生前最後の句集となった。

例えば中拓夫が、〈(『まぼろしの鹿』によって――引用者）人間探求派というレッテルを超えて、現代俳壇の巨匠と目されるようになった〉（「句集研究」「俳句」平成8年三月号）と評するように、『吹越』『怒濤』と続く晩年の三句集は、区々たる分類を軽々と超える豊かな稔りを生み出してきたが、中でも『怒濤』はひときわ高く聳える嶺であり、その全貌を見渡すことは困難を極める。

それは、単に句数の多さや表現の多彩さに起因するというより、どの一句も楸邨の総体を背負って屹立する作品のありようによるところが大きい。どの句にも楸邨の体温が通い、その息づかいが感じられる。それぞれが楸邨の顔を持ちながら、句集全体としては、安易な分類や散文化を拒む混沌に満ちている。

1

雨蛙透明な円ころがれり　昭59

〈透明な〉と〈ころがれり〉、口語と文語を混在させて言い放ったような文体に視覚的な隠喩を乗せて、雨蛙の鳴き声を的確に言い止めた。さらに、なめらかな語感の〈透明な〉、ラ行音を中心とする〈ころがれり〉が、雨蛙の声の澄みとリズムを写し取る。内容と表現と調べが渾然一体となって作り出す世界には、説明不能の迫力がある。

ただし、ここには計算や計らいの跡はない。作者の感じたものと表されたものとの間に隙間がないのだ。ふさわしいことばを探したあげくやっとたどりついたのではなく、対象の感受と表現が一瞬のうちに成立した、という印象を受ける。〈声〉という語が句にないのは、省略したのではなく、〈声〉という概念に基づいて把握する前に、〈透明な円ころがれり〉と意識したからにほかならない。

ふくろふに真紅の手毬つかれをり　昭59

同じく聴覚の印象を視覚的に表現したと考えられるこの句にも五官よりももっと深い部分で対象を感じ取ったたしかな実在感がある。存在の根源における対象との交感がもたらした把握である。

こうした独特の感覚の表現が『怒濤』には少なくない。

葱の香は直進し蘭の香はつつむ　昭52

牡蠣の身の晦さを舌が感じをり　昭53

「楸邨後期の句業」において矢島渚男は、〈(どう詠むかの前に――引用者)「何が心の底から言いたいことなのか、言わずにはいられないことは一体どうしたらよいのか」ということが先に立たなくてはならないし、詩とは何かといえば、そういうもやもやした漂うような心中の星雲を何かに向かって、形づくろうとすることではないのか〉(『遥かなる声』)という楸邨の文を引いて、〈くすぐったいぞ円空仏に子猫の手〉(『吹越』)などのような表現を〈奇を衒ったのではなく、そうしなければならないぎりぎりの表現だった〉(「俳句研究」平成5年十月号)と書くが、『怒濤』の諸作においても、そうした〈ぎりぎりの表現〉が作者の〈心中の星雲〉を伝えている。

2

口の辺に夕日ながるるいぼむしり　昭59

夕日の中のかまきりに思い切り寄ってその顔をじっと見つめる作者がいる。視野に広がる、どこか不器用で、滑稽で、哀しいかまきりの姿を、作者はわがことのように眺めている。対象に可能な限り接近して真剣に向き合う作者の視線は、生きることの根にひそむさびしさを見逃さない。

春の蟻つやつやと貌拭くさます　昭52

蛙出て雪に眼を張る与謝ごほり　同

『怒濤』には小動物を詠んだ句が多い。これらの句でも、作者は動物を人間に引き寄せるのではなく、自ら動物の側に身を寄せ、深い共感をもってその姿を描きだす。これらの句にただようユーモアは、人間と動物の間の垣根が消えたあとの、裸の生き物同士の親密な交感が生み出したものに違いない。

どんな生き物に対しても同じ目の高さから接しようとする姿勢を突き詰めれば、動物と植物、生物と無生物の区別も意味をなさない境地にたどり着く。

寒椿昨日の花は遠ざかり　昭56

青嵐吹きすぼまりし虚空かな　昭60

3

冬の蝶とはのさざなみ渡りをり　昭61

妻知世子を悼む「永別」十一句から。
楸邨はかつて蝶の飛ぶさまを〈ハヒフヘホ〉と詠んだが、〈さざなみ渡る〉も、細かく弾みながら宙を伝うようすを的確に捉えている。妻のたましいを宿すような〈冬の蝶〉が永遠にはばたき続けるという感受に万斛の思いがこもる。

持主の失せて手帖の冬谺　昭61
霜柱どの一本も目覚めをり　同

持ち主の逝った手帖を開けば、作者の心の耳だけに聞こえる声なき声が響く。それが実体のない〈谺〉であることは、作者自身が誰よりもよくわかっているのだけれど。大写しになった霜柱一本一本が哀しみの結晶のように、冷たく輝く。自らも霜柱の一本に化したかのごとく、ひりひりと刺す冷たささに作者は堪えている。
飯田龍太が「『怒濤』秀句」で〈どの作品にもきびしい抑制がなされているだけに、無言の慟哭は深い〉（『秀句の風姿』）と書くように、この一連において作者は、感情の露わな表出を抑えつつ、眼前の対象と自己の内面のどちらからも眼をそらさない。表現することと生きることを一つのこととして重ねられてきた修練が、人生の最も痛切な瞬間を美しく定着させた。

虚空雪降る一途なる妻遊べる妻　昭61

桂信子『新緑』

桂信子の第四句集『新緑』は、昭和42（一九六七）年から昭和48（一九七三）年までの四八五句を収め、昭和49（一九七四）年、五十九歳の時に刊行された。昭和52（一九七七）年に、第一回現代俳句女流賞を受賞する。

1

『新緑』の「あとがき」には、昭和45（一九七〇）年の主宰誌「草苑」の創刊、昭和48年の母の死の記述のあと、句集を編むことを思い立ったのは、〈亡母へ捧げたいという気持ちが、その根底にあった〉とある。さらに師日野草城の死から十七年になることに触れて、〈果して地下の先生に見ていただけるような句があるかどうか〉と自省しつつ、〈先生のお好きだった色、そして母の誕生月の色〉を題名とした、と書く。『新緑』一巻には、師と母への思いを支えとした、新たな出発への決意が込められている。

第一句集『月光抄』から『女身』『晩春』と続いた句集名が、『新緑』を経て『初夏』『緑夜』『草樹』『草色』『樹影』に到るのを見ても、『新緑』がその句業のいわば転換点となったことが窺える。

2

一 灯 の 限 界 に 渦 雪 解 川　　昭45

藁 う か ぶ 四 月 の 川 の ま ん な か に　　同

『新緑』の、というより信子俳句の特質として、まず、空間の確かな把握に基づく視覚的な明快さが挙げられる。

雪解川の激しい流れを照らす灯が漆黒の闇と接するあたりに見える渦。光と闇の鮮やかなコントラストが大きく荒々しい季節の変化を描きだす。

波もない川のまんなかに浮かんでいつまでも動かない一本の藁。時の止まったような風景に、晩春の情が揺曳する。

いずれも背景を省略して切り取った画面のなかに、対象の位置を的確に描きだす。同時に、漢語が力強さを感じさせる前句と、やわらかい音を生かした後句、ともに言葉の響きによって、情景がより立体的な奥行きを持つことも見逃せない。

縁の下に瓶もたれあい雛の夜　昭47
遠景に水争いをおく日影　昭48

曇りのない目が捉えるのは、眼前の対象だけではない。視線は、視野の外にあるものに及び、雛の夜の闇の底、縁の下にもたれあう硝子瓶や、手前の日かげから眺める遠い日ざしの中の水争いなど、確かな遠近法に支えられた空間が造形される。

冬鏡闇のむこうの川匂う　昭46
蔵の戸を開け夏足袋の亡父来る　同
地に添うて鶏の一日春の暮　昭42―43

一句目のように視覚以外の感覚による把握でも事情は変わらない。視覚に比べより動物的原初的な感覚といった趣のある嗅覚を表現しても、空間の中での位置づけが明確なので、〈鏡〉〈闇〉というきわどくなりがちな素材を扱いながら、情念の澱を残さず、すっきりと仕上がっている。二句目のように、幻さえ〈蔵の戸〉〈夏足袋〉という具体的日常的な要素を伴ってくっきりとした輪郭を持つ。三句目では、時間もまた〈地に添うて〉といういわば鶏の本質を的確に捉えた表現によって、手ごたえのあるものとして定着される。

これらの句の明快さは、対象を自分の身の丈に合わせて矮小化した結果のわかりやすさではない。現実を直視し、自己の感性を通して対象を消化した上での明快さである。『証言　昭和の俳句　上』や『俳句文庫　桂信子』によれば、桂信子は自分が師草城と同じように抒情体質であることを自覚し、その限界を超えるために「激浪ノート」を書いて山口誓子の〈物で勝負〉する方法を学んだ。こうした先達との格闘をとおして、知的でありながら知に頼らず、叙情的でありながら情に溺れない句風が形成されていったと思われる。

3

母の魂梅に遊んで夜は還る　昭48

〈母容態悪化〉の前書きがある。動くこともかなわない母の魂を、自分の想いの中でだけでも〈梅に遊〉ばせるのが作者のいたわりなのだ。〈夜は還る〉に肉親の情がこもる。昼遊んだ魂の安らぐ場所はこの家にしかないというように。

梅が香や母の常着は闇に垂れ　昭48
花冷えの壺が吸いこむ母の息　同

母の死へ向かう時間を刻んだ一連が『新緑』のひとつの頂点をなす。その病状は、〈母細眼薄明界の野に遊び〉などにも窺えるが、表現の明快さは保ちつつ、直接的な描写や慟哭の露わな表出を避ける作者の節度ある姿勢は一貫している。ただし、表面には見えなくても、哀しみは一句一句に深く浸透している。

前句の〈闇〉は、現実の暗がりでもあり、作者の心の闇でもあり、冥界への通路でもある。後句の、弱まっていく母の息づかいを吸い込んでいるような〈壺〉も現実の存在であるとともに現実を超えた象徴性を持つ。曖昧さをあくまでも拒む表現の中に、生と死が二重写しのように捉えられる。

遠山へ喪服を垂らす花の昼　昭48

〈遠山へ〉はやや強引な言い方だが、現実の遠山であるとともに、そのかなたにある死者の国へ向かう作者の視線を感じさせる。〈垂らす〉の放心とそれを包む花の昼。近景と遠景、明と暗。変わらない自然と限りある人の命。さまざまの対比が層をなしつつ純一な悲しみを奏でる。

新緑のなかまっすぐな幹ならぶ　昭48

試練のあと、作者はふたたび明るい世界に還ってくる。新緑のなかにくっきりとつらなるまっすぐな幹は、つねに背筋を伸ばして現実と向き合う作者の精神のありようを象徴するといっていい。同時にこうした見通しのよい風景の底には目に見えない幾多の悲しみが沈んでいることも忘れてはならないだろう。

森　澄雄『花眼』

森澄雄の第二句集『花眼』は、昭和29（一九五四）年から昭和42（一九六七）年、三十五歳から四十八歳までの四八二句を収め、昭和44（一九六九）年に刊行された。昭和35（一九六〇）年までの「男神」とそれ以降の「綿雪」に分かれる。「後記」には、〈「花眼は――引用者）中国語の酔眼または老眼の意、或ひは花を人の眼にたとへていふ〉とあり、杜詩にある〈老年花似霧中看――老年ノ花ハ霧中ニ看ルニ似タリ〉が、〈集名「花眼」の意に最も親《ちか》からうか〉という。

1

森澄雄は自作や自己の志向について言及することが多い。それだけ作句に当たって意識的自覚的だともいえるだろうが、昭和38（一九六三）年にはすでに「『花眼』に就いて」として〈「老眼」――「花眼」とははじめて花の美しさが見えてくる眼ではないか〉〈積み重なった年齢の豊賦と孤独の中に、自然の美しさと共に、人生の妖しい彩りの美しさが見えてくる眼ではないか〉（「俳句」昭和38年二月号、のちに『森澄雄読本』所収）と、『花眼』の世界を総括するような文章を書いている。

こうしたことを踏まえ、岡井省二が〈齢の想いのうちに、無常という実存のうちに、「時間」の主題を導く〉〈花がいよいよ美しく見えだした齢のよろしさの本来に、「性」の主題を導く〉（「森澄雄著書解題」『森澄雄読本』所収）と書き、森澄雄自身も〈「時間の意識」と「性の意識」を説くのが評家の一般だが〉（『現代俳句全集　四』「自作ノート」）と書くように、『花眼』の主題に〈時間〉と〈性〉を読み取るのが、いわば著者公認の定説となっているようだ。

2

第一句集『雪櫟』の「あとがき」には、〈これは貧しい生活の記録だ〉、俳壇の社会性などの論議を〈一応黙殺して自らの生活に執した〉とある。『花眼』の前半では、そうした個に拠る私小説的とも人間探求派的ともいえる世界から、もう少し広い視野の中で俳句を作ろうとする姿勢が窺える。

わが梅雨の臍を水平に寝かしやる　昭29
熟睡して子の白息も年を越す　同

自己や家族を詠んでも、境涯詠の切迫感はなく、余裕やゆとりが感じられる。〈梅雨の臍〉は強引といえば強引な言い方だが、湿りを帯びた季節感と〈水平に寝かしやる〉の自愛と諧謔がしっくり合って、不思議な実感がある。〈熟睡して〉には、〈年を越す〉ことへの思い入れが後年の歳末吟ほど強くはなく、その代わりに、〈子の白息〉に一年が無事に過ぎたことへの安堵が形象化されている。

師楸邨の声調に通じる作品も少なくないが、楸邨が人間を厳しく見つめ正面から対象と格闘しようとするのに対し、森澄雄は対象との距離を崩さない。とは言っても、突き放して観察するのではなく、いたわりや思いやりをもってその距離を埋めようとするようだ。

立葵昏るるまぎはの綿菓子屋　昭30
枯山のここにぬくもり兵の墓　同

炎暑もようやく去ろうとするころ、手持無沙汰に佇む綿菓子屋に夕暮れが迫り、傍らにはきっぱりした立葵の姿。枯山の日向にようやく安住の地を得た兵の墓。生きている間の苦難と今の安らぎを冬の日が包み込む。

どちらも一句の中に時間の経過を含むが、それは対象をじっくり見ようとする作者の意識の反映ともいえる。ものを懇ろにとらえようとする姿勢が対象のうちに畳まれた時間のドラマを見出し、それに続いて対象から時間を抽象する方向へと踏み出していったように思われる。

3

辛夷咲き玹瑯の空ゆらぎをり　昭42

辛夷の白とその上に広がるホーロー質を思わせる空によって、早春の季節感を鮮やかに切り取った。それを一瞬の印象として描くのではなく、〈ゆらぎをり〉と、生命のうごめきのようなものとして捉えたところに、森澄雄の個性が表れる。

『花眼』後半は、実生活では父の死があり、作品面では、

花杏旅の時間は先へひらけ　昭36
雪夜にてことばより肌やはらかし　昭38

などを経て、〈時間〉と〈性〉のテーマが浮かび上がってくるが、同時にこの〈玹瑯の空〉に見られるような対象の的確な感受と描写がその作品世界を支えていることを忘れてはいけないだろう。

餅焼くやちちははの闇そこにあり　昭42

〈餅〉というどこか土俗的な雰囲気を残す食物を焼く。その匂い、炭火の色。それらが冷たい冬の闇を一変させる。父と母、さらにその父と母、かれらをつなぐ血のぬくみがこもる闇へと。

会田綱雄の「伝説」を思い出す。

　くらやみのなかでわたくしたちは
　わたくしたちのちちははの思い出を
　くりかえし
　くりかえし
　わたくしたちのこどもにつたえる

という一節を持つ詩は、

　こどもたちが寝いると
　わたくしたちは小屋をぬけだし
　湖に舟をうかべる
　湖の上はうすらあかるく
　わたくしたちはふるえながら
　やさしく
　くるしく
　むつびあう

と結ばれる。

年過ぎてしばらく水尾のごときもの　昭42

年が変わるのは人間の約束ごとに過ぎない、ともいえる。しかし、こうした約束ごとなしに時間を眼に見えるものにすることは難しい。時間は過去と未来に向かって均質に広がっているものでもないし、誰にとっても同じように流れるとは限らない。森澄雄はかつて〈家に時計なければ雪はとめどなし〉（『雪櫟』）と詠んだが、時計によって規定された時間の概念を捨てれば、全く違う時間が見えてくるはずだ。

『花眼』の掉尾に置かれたこの句で、作者は、時の流れのなかに身を置き、それを自分の肌に触れる質感のある存在として描きだす。年は変わっても、まだわたしたちのまわりにたゆたうようにまとわりつくものがある。過ぎた年への哀惜といってしまえば言い過ぎになるあえかな感触を、〈水尾のごときもの〉が的確に捉え表現した。

中村苑子『水妖詞館』

『水妖詞館』は、昭和50（一九七五）年六十二歳の時に、二十五年間の句から一三九句を収めて刊行された中村苑子の第一句集。「遠景」「回帰」「父母の景」「山河」「挽歌」の五部に分かれる。『水妖詞館』という書名に触れて著者は、人間が水から生まれて水に還っていくこと、そして生きている間も〈潮の干満〉から〈血という名の水〉まで水に支配されつづけるといった意味のことを「自句自解」（『現代俳句全集　六』）で述べている。

それを承けるように、大岡信は、「『非時』の世界の消息」（同前）において、この句集を〈非時《ときじく》の世界の造形をめざし〉たとして、〈そこにはたえず死の影が落ちかかるが、また誕生以前、父母未生以前の世界からの風も吹きわたってきて、それゆえにやがてものの生れ出る気配も、死の内側から漂い出てくるのである。死も生誕も、この女人の世界では、相擁して区別されないもののようにみえる〉と指摘する。

ちょうど〈詞〉と〈死〉、〈館〉と〈棺〉が重なり合うように、生と死が循環し、重層する世界。『水妖詞館』は、そんな変幻自在な水のあやかしを開示する。

一句一句は、日常的な現実との接点を断ち、ことばの浮力によって虚空にとどまる想念の結晶体であり、同時に句集全体としては、魂の原郷ともいえる異世界を作り出す。『水妖詞館』を読み進むことは異世界を旅しながら、その風物に眼を見張ることに似ている。

高柳重信は永田耕衣の作品に触れて〈これは解くものではなく、作者の喚起にしたがって、何ごとかを喚起されるものなのである〉（「妖説・永田耕衣」）と書いたが、『水妖詞館』もまた、そこから喚起されるものを虚心に受け止めて読むべき句集だといえる。

1

大岡氏の指摘するように、この世界には〈死の影がたえず落ちかかる〉。

春の日やあの世この世と馬車を駆り　挽歌

冬でも夏でもなく、事物の輪郭が曖昧に霞んでしまう春の日に、この世とあの世を自在に行き来する作者がいる。実用性という点ではリアリティを失ってしまった馬車は、それを可能にする乗り物として、確かにふさわしい。この句の〈あの世〉と〈この世〉は対極に位置するというより、連続して、あるいは重なり合って存在しているようだ。〈馬車〉は〈言葉〉と言い換えてもいいかもしれない。作者は言葉によってこの世とかの世の境界を軽々と越えていく。

貌が棲む芒の中の捨て鏡　遠景

鏡（の中の自分）を一心に見つめ続けていれば、その女（とは限らないが）の執念がいつしか鏡に乗り移り、棲みついてしまうかもしれない。〈芒〉という文字の中の〈亡〉がサブリミナル効果のように死のイメージを漂わせ、肉体の死後も生き続ける妄執を暗示する。それとも、死さえ奪われ、永遠に鏡の世界に閉じ込められてしまった〈貌〉だろうか。

撃たれても愛の形に翅ひらく　遠景

〈愛の形〉とはどんな形なのか。ひらく〈翅〉は何の〈翅〉か、鳥か、蝶か、妖精か。答えは出ないが、ただ、例えば、つがいの鳥の一方が撃たれた場面を想像することはできるかもしれない。きわめて抽象的でありながら、というより、具体的なイメージを欠くためにかえって、エロスとタナトスがないまぜになった想念が想念として、純粋なまま定着された。

2

この世界では、時間の流れ方も一様ではない。作者の感覚も空間より時間の把握においてより鋭敏に働くようだ。

鈴が鳴るいつも日暮れの水の中　回帰

昼でもなく夜でもない境界線上で時間が止まってしまった世界とは、死と生の間で宙吊りになった世界だろうか。薄明のままの水の中で鳴り続ける鈴の音が、透明な哀しみを伝える。

一椀の水の月日を野に還す　山河

果てしない循環の半ばに、椀の中に集まった水の分子たち。それぞれが背負う時間の堆積が椀の中でひしめきあう。その水を野に還せば、そこからまた新しい循環が始まる。

屋根裏に昨日のわれと密会す　挽歌

時の流れがねじれ、現在と昨日が出会うこともある。こうした時間への思いは時に、死後の生や輪廻転生の幻を紡ぎ出す。

昨日から木となり春の丘に立つ　挽歌

3

父母は自分をこの世に産み出したものであり、血という水を通じて自分を過去に繋ぎ止めるものでもある。

荒き風吹き飛び立つ母や母の忌暮れ　父母の景

傘の下に父生き代り死に代り　同

『水妖詞館』の〈母〉には唯一無二の存在感があるのに、〈父〉はどこか影が薄い。前句の〈母〉も死の影をまといながら吹きすさぶ風の中へ飛び立つ強さを持っているが、後句の〈父〉は傘にまもられながらようやく命脈を保っているようだ。

飛び去りしものが遺せしわれならむ　挽歌

そして翼を失い地上に取り残された〈われ〉の孤独。眷属が飛び去ったあと、地上への違和感を抱きながら生き続ける者の哀しみの影が、中村苑子にはつきまとっているように思われる。だが、天上にも地上にも属さないからこそ、生を通して死を、死を通して生を見ることができたのかもしれない。

その意味で、孤高を保ち、言葉の力によってこの世ならぬものを現前させ、死も生も〈相擁し〉た俳人の、雪の中に上がる炎のような生を悼むものとして、次の一句はまことにふさわしい。

雪に火《ほ》を上げて中村苑子亡き　廣瀬直人（『矢竹』）

青春俳句の一面

たとえば青春小説や青春映画などと比べると、青春俳句という言葉は明確な像を結びにくい。青春小説や青春映画といった場合、青春の姿が描き出されていれば十分その名に値する。だが、俳句ではどうだろう。青春俳句と呼ぶには、作品自体の青春性だけでは不十分で、作者自身の青春性が不可欠のようだ。

青 年 鹿 を 愛 せ り 嵐 の 斜 面 に て　金子兜太
騎 馬 の 青 年 帯 電 し て 夕 空 を 負 う　林田紀音夫

などは確かに青春を捉えているが、青春を対象化する作者の視線は大人のものというべきで、〈青春俳句〉とはいいにくい。

作品の持つみずみずしさと生身の作者の若々しさを重ね合わせることによってより輝きが増す作品、それこそが青春俳句と呼ぶにふさわしい。それを読むことによって、わたしたちは可能性に満ちた人生の一時期を新たな光のもとに見ることができるだろう。

青春俳句を語ることは青春について語ることでもある。〈みずみずしさ〉や〈輝き〉といった言葉は、青春に対する一般的な通念で、現実の青春はこのような明るく前向きな言葉で表しつくせるわけではない。表面の明るさの裏には、鬱屈・憂愁・絶望といった負の感情が潜んでいる。

しんしんと肺碧きまで海の旅　篠原鳳作

昭和9（一九三四）年、二十八歳の時の作品。この句は直接青春をうたってはいないし、若い作者の境涯が表現されているわけでもない。しかし、息をすれば肺まで海の青さにそまりそうだという、海の印象を全身でつかみとったような新鮮な感受は、俳句の青春ともいうべき新興俳句と作者自身の幸運な出会いを物語る。

伝統的な俳句の枠組みから抜け出そうとする野心と、広大な大海原をただ一隻進む船の上にある者の、若々しく、健康で、甘美な孤独感とが、一句の中で溶け合い、ひとつの世界を形づくっている。

憲兵の前ですべってころんぢやつた　渡邊白泉

昭和14（一九三九）年、二十六歳の時の作。これは長い間よくわからない句だった。憲兵というものを実感として知っているわけではないが、国家権力を背に市民の自由をふみにじった存在、といった程度の理解は、ある。その前でみっともない振舞を演じた自分を戯画化することで、権力に対する風刺を意図した、という解説もわかる。にも拘わらず、どうもピンとこない、というのが、この句に対する印象だった。

しかし、〈青春俳句〉という課題を与えられ、いろいろな作品を眺めた後でこの句に行き当たった時、なんとなくわかったような気がした。季語も定型も切字も、いわば俳句の関節もみな外して詠まれたこの一句に漂う気分は、まさしく青年のものにほかならない。権力への反抗、それと背中合わせの自暴自棄、皮肉、冷笑そして自嘲。それらがないまぜになったものとして理解した時、共感をもって作品に接することができたのだった。

プラタナス夜もみどりなる夏は来ぬ　　石田波郷

昭和7(一九三二)年、上京した年、作者十九歳の時の作。波郷の第一句集『石田波郷句集』に収められたが、ここから自選した句に新作を合わせた『鶴の眼』には入っていない。しかし、その叙情性や愛誦性において、青春俳句の一典型といえるだろう。

詠まれている素材自体は目新しいものではない。磯田光一『鹿鳴館の系譜』によれば、北原白秋の「青い髯」という詩に、〈五月が来た、五月が来た。(……)篠懸の並木が萌える〉という一節があり、すでに明治四十年代には新しい都市の風景として五月という季節やすずかけ=プラタナスなどの街路樹が〈発見〉され、白秋や木下杢太郎の詩に歌われるようになっていた。

だが、都会がこのように抒情の対象として詠まれるのは、俳句の世界ではかなり珍しいことのように思われる。機械文明の先端であると同時に、人間が生活する町としての都会。〈バスを待ち大路の春をうたがはず〉などとともに、そういう都市の息づかいを季節の中で確かにとらえた作品といえるだろう。

こうした把握を可能にしたのが、上京したばかりの作者の柔軟な感性だった。好奇心と未来への希望に満ちた眼が都市の新しい美を見出したのである。上京後の作には、郷里にいた時の作品にはない明るさや華やぎが感じられる。青春と時代との幸運な出会いがここにある。

そして、自己の青春を全力で生きた、という点に、波郷俳句のその後の開花の秘密があると同時に、青春俳句の特質がある。

蕪村と時間

八巾きのふの空のありどころ

蕪村のいわゆる〈郷愁の詩人〉としての一面を代表するものとして、この句はしばしば取り上げられる。萩原朔太郎が指摘したように、ここにははるかなものへの〈郷愁〉が縹渺と漂っていて、わたしたちのこころを静かな安らぎの世界に誘ってくれる。

だが、わたしがこの句にひかれるのは、そのためばかりではない。はるかなものへの視線と重なり合うようにして、地にしっかりと足をつけたものの感受性がここには働いている。そこにあるのは、きのう、きょう、あしたとつづいてゆく時の流れを低い視点から見つめる生活者の姿勢である。

二もとの梅に遅速を愛す哉

この句も、ある日たまたま目にした梅の木の印象を詠んだ、というようなものではないだろう。

〈遅速を愛す〉には、それぞれの木がつぼみをつけ、花を咲かせ、やがて散っていくという日々の時間の経過をいとおしむ響きがある。つまり、一句の背後には、一つの場所にとどまりながら身辺の変化を愛情を持って眺める者の視線が感じられるのだ。この句の蕪村には、ひとつの場所に定住して生活するものの顔がある、といえる。

蕪村は終生、芭蕉に対して尊崇の念を持ち続けたが、実際の生き方としては、芭蕉と全く違う道を歩んだ。死ぬ前の年、天明二（一七八二）年に書いた『檜笠辞』に〈さくら見せうぞひの木笠と、よしのの旅にいそがれし風流はしたはず。家にのみありてうき世のわざにくるしみ、……〉とあるように、芭蕉が漂泊の人生を歩み旅に死んだのに対し、蕪村は〈家にのみありてうき世のわざにくるし〉む生活者として己の生を全うした。

青年時代には、芭蕉の跡を慕って奥州への大旅行を敢行した（芭蕉のように土地土地に頼るべき有力者を持たない無名の俳人にとってそれはまさに命がけの旅だっただろう）蕪村が、中年以降、家族を持って京都に定住するようになるまでには内心のさまざまな葛藤があったに違いない。しかし、蕪村は、京都という土地に根を下ろし、そこで一個の家庭人として生きることにより、芭蕉とは違った芸術世界——〈籠居〉の詩人と呼ばれるような——を生み出したのだ。

芭蕉は、故郷を捨て、肉親のほだしを拒み、敢えて苛烈な生を選ぶことにより、自らの芸術を築き上げた。だが、芭蕉がその境地にたどりつくまでに、どれほどの犠牲をはらわなければならなかったか。芭蕉が芭蕉となる過程で切り捨ててきた数々のものに目を注いだのが蕪村だった。

という気がしてならない。

そして、定住生活者である蕪村に見えてきたもののひとつが〈時間〉だったのではないだろうか。『岩波古語辞典』によると、〈住む〉と〈澄む〉は同根のことばであるという。〈浮遊物が全体として沈んで静止し、気体や液体が透明になる〉のが〈澄む〉だ、という説明は興味ぶかい。『檜笠辞』で〈我のみおろかなるやうにて〉ともいっているように、蕪村が〈うき世のわざにくるしむ境涯にあきたらない思いをしていたのは明らかだが、しかし、かれはそのような嘆きに身を任せたまま日々を過ごしていたわけではなかった。京都に定着して自分の生活を守りつつ、心を澄ませ、俳諧の世界に精神を解放する工夫もまた怠らなかったのである。

詩を語って俗を去ろうとする〈離俗論〉に代表される蕪村の俳諧観は、単に現実離脱の願望を表明したものではない。むしろ、現実の生活を生きる者が日常性に埋もれず、心を澄ませることによって精神の自由を保とうとする工夫だった、と読める。そして、そのような澄んだ心が、日常生活の上を過ぎてゆく時間をそのものとして捉えることを可能にしたのではないだろうか。

きのふ去《いに》けふいに𠂆《かり》のなき夜哉
身の秋や今宵をしのぶ翌《あす》も有
春雨や暮なんとしてけふも有

これらの句で蕪村は自分の身のうちそとを流れてゆく時間をたしかに捉えている。あるいは、次の一句。

遅き日のつもりて遠きむかし哉

春の夕暮れの倦怠に身をゆだねながら、心は時間をさかのぼり、幼年時代、ひょっとすると生まれる前にまで帰ってゆく。一方、〈遠きむかし〉から現在へと続く時間の流れをさらに延ばしてゆけば、はるかな未来へとどく。〈籠居〉することによって、蕪村は、永遠の相のもとに現在の春の夕暮れを眺める視点を手に入れたのだ。

そして、〈八巾〉の一句。さかしらな解釈を拒みつつ純粋な時間を描きだしたこの一句こそ、蕪村の生涯を代表する絶唱であるように思われる。

初出一覧　（　）内は発表時の表題

第Ⅰ部　飯田龍太をめぐって

飯田龍太の形成――『百戸の谿』を中心に　「白露」一九九六年六月号
混沌の詩情――『童眸』の世界（『童眸』の世界）　「白露」一九九八年五月号
鎮魂と普遍――『忘音』を読む（名句集を読む③『忘音』）　「白露」二〇〇二年五月号

龍太の俳句世界
　空（飯田龍太の空①〜③）　「郭公」二〇一三年五・七・九月号
　山（飯田龍太の山①〜⑤）　「郭公」二〇一三年十一、二〇一四年一・三・五・七月号
　月（飯田龍太の月①〜③）　「郭公」二〇一四年九・十一、二〇一五年一月号
　夢（飯田龍太の夢）　「郭公」二〇一五年三月号
　風（飯田龍太の風①〜④）　「郭公」二〇一五年五・七・九・十一月号
　川（飯田龍太の川①〜④）　「郭公」二〇一六年一・三・五・七月号
　海（飯田龍太の海①〜③）　「郭公」二〇一六年九・十一、二〇一七年一月号
　甲斐（飯田龍太の甲斐①〜③）　「郭公」二〇一七年三・五・七月号

旅（飯田龍太の旅①～③）　「郭公」二〇一七年九・十一、二〇一八年一月号

その沈黙　未発表

第Ⅱ部　「雲母」の航跡

蛇笏俳句の神話性――初期の作品をめぐって　「今」七号　二〇一四年秋

飯田蛇笏の月（蛇笏の月①～⑫）　「白露」一九九四年三月号～一九九五年二月号

廣瀬直人における写生　「白露」二〇〇一年六月号

『矢竹』の世界　「白露」二〇〇二年十二月号

『風の空』の一句（「風の空」鑑賞）　「白露」二〇〇九年七月号

『仙丈』小論　三森鉄治句集『仙丈』栞　二〇〇四年七月刊

三森鉄治――人と作品（人と作品）　「郭公」二〇一六年二月号

第Ⅲ部　それぞれの光芒

石田波郷小論――『惜命』まで　「白露」二〇一一年八月号

波郷俳句を支えたもの（波郷論執筆余滴――波郷俳句を支えたもの）　「白露」二〇一一年九月号

阿波野青畝『甲子園』（名句集を読む④『甲子園』）　「白露」二〇〇二年六月号
加藤楸邨『怒濤』（名句集を読む①『怒濤』）　「白露」二〇〇二年三月号
桂　信子『新緑』（名句集を読む⑤『新緑』）　「白露」二〇〇七年七月号
森　澄雄『花眼』（名句集を読む⑥『花眼』）　「白露」二〇〇七年八月号
中村苑子『水妖詞館』（名句集を読む②『水妖詞館』）　「白露」二〇〇二年四月号
青春俳句の一面（青春性の表裏）　「雲母」一九八八年十一月号
蕪村と時間（わたしの古典――蕪村の一面――）　「雲母」一九八七年十二月号

あとがき

これまで俳句について書いてきた文章から、作家論と作品論を軸に集めた。収録に際しては、誤記を訂正するなど、一部表現を改めた。

拙い文章に発表の場を与えてくださった方々、そして、励ましをいただいた句友の皆さんには心からお礼を申し上げたい。

特に、廣瀬直人先生と三森鉄治さんにお見せできないのが、残念でならない。お二人のご冥福を改めてお祈りしたい。

二〇一九年二月

舘野　豊

著者略歴

舘野　豊（たての・ゆたか）

一九五五年七月生
一九七六年「雲母」入会
一九九三年「白露」創刊とともに入会
一九九六年「白露」同人
一九九八年　第二回白露評論賞受賞
二〇〇二年　第一句集『夏の岸』刊
二〇一一年　第六回白露評論賞受賞
　　　　　第二句集『風の本』刊
二〇一三年「郭公」創刊とともに同人
現　在　ＮＨＫ学園俳句講座専任講師
現住所　横浜市金沢区高舟台二―三―一〇

評論集　地の声　風の声―形成と成熟（ちのこえかぜのこえ―けいせいとせいじゅく）

二〇一九年四月二五日　初版発行
著　者――舘野　豊
発行人――山岡喜美子
発行所――ふらんす堂
〒182-0002 東京都調布市仙川町一―一五―三八―二F
電　話――〇三（三三二六）九〇六一　FAX〇三（三三二六）六九一九
ホームページ　http://furansudo.com/　E-mail　info@furansudo.com
振　替――〇〇一七〇―一―一八四一七三
装　幀――和　兎
印刷所――㈱渋谷文泉閣
製本所――㈱渋谷文泉閣
定　価――本体二五〇〇円＋税
ISBN978-4-7814-1165-1　C0095　¥2500E
乱丁・落丁本はお取替えいたします。